AF445556

VAMPIROS

EL SEÑOR DE LA PENUMBRA

Roger Vilar

Prohibida la reproducción total o parcial de esta obra sin la autorización expresa y por escrito de su autor ©Roger Vilar

Instagram

@captainahabmelville

EL ABAD ROJO

Cuando Elena vio a Barclay le atrajo su mirada dispar. Un ojo era azul; el otro, amarillo. "Pareces un gato", le dijo ella. "No exactamente, tengo más que ver con los murciélagos", contestó antes de pagar el décimo trago de ella. Era rubia de lindas caderas. El bar gótico siempre estaba a media luz. Lámparas de luz violeta proyectaban fantásticos matices en los rostros. Numerosos espejos multiplican la cantidad de los seres. Pero no a Barclay, él nunca se reflejaba. Incapturable era su hermosa cara. Dio un beso a Elena. "Conozco un lugar más excitante el cementerio". A ella le pareció buena idea. Él la llevo en la grupa de un caballo negro. "¿No tienes coche?", preguntó Elena. "El caballo es más romántico", contestó Barclay. Cabalgó a través de la ciudad dormida. Entraron al cementerio. Hicieron el amor sobre una lápida. En la madrugada él dijo. "Tengo que bajar a esa cripta, regreso pronto". La luna alumbraba las tumbas. Él no regresaba. Elena ardía de amor. Él no regresaba. Ella descendió por la vieja escalera. Abajo todo era desolación y horror. Decenas de huesos humanos, ratas, serpientes. Elena gritó asustada. Llamó a Barclay. Nadie le respondió. Intento salir de la cripta. Buscó durante horas, nunca encontró la escalera.   Al amanecer se dio cuenta de que su única compañía era la terrible respiración soñolienta de los vampiros.

En la parte más vieja del cementerio había una escalera olvidada por todos. Descendía a un extraño templo subterráneo. Allí abajo había cuatro cámaras mortuorias enfrentadas. La de Lujuza, la de Barclay, Saturna y Marcel. Eran vampiros que descansaban en sus sarcófagos. Al extremo izquierdo se encontraba una capilla grande. En su centro un gran ataúd era la morada eterna de Vonhaus, jefe de aquel grupo de no muertos. Cuidar de este ser era la principal actividad de los chupadores de sangre.

Cosa difícil, pues el Abad bebía demasiado. Para complacerlo habían tenido que recurrir a la música. Por eso en el suelo había arpas, violines, cellos y citaras. Muchos humanos escuchaban la melodía y bajaban. Nunca volverían a salir. Sus esqueletos quedaban junto a los instrumentos musicales: su sangre mantenía vivo a Vonhaus.

Lujuza se afiló las uñas. Le gustaban largas y puntiagudas. Luego las pintó de rojo. Contrastaba con la palidez extrema de su piel. Escuchó al bebe llorar desconsoladamente. Se acercó a la cuna. Era sonrosado y tierno. Acercó sus garras al cuello del infante. Lo iba a degollar. Temblaba nerviosa. Retiró la mano y encajó las uñas en su muñeca derecha. Bebió su propia sangre y luego alimentó a la criatura. Lujuza tenía 365 cicatrices. Ya su hijo tenía un año. Siempre se preguntaba hasta que edad podría sobrevivir el niño.

Llovía torrencialmente. Julia corrió entre las tumbas. No había donde refugiarse. Temblaba de frío. Vio una escalera. Bajó por ella a un viejo y ruinoso mausoleo.   Tenía grietas. Entraba agua y luz moribunda. Vio a un niño vivo, en su cuna, junto a un ataúd. Lloraba. Ella se acercó. Alguien la tocó en el hombro. Se volvió sobresaltada. Se trataba de un hombre con mitra y sotana bermeja. "No ha sido robado para ningún ritual satánico, como usted piensa. Se llama Paracelso". ¿Cómo adivinó sus pensamientos? "Porque soy Vonhaus, el Abad Rojo". La tomó por una mano y la obligó a meterse en un gran sarcófago. Luego entro él. Lo tuvo cara a cara. El clérigo maligno: faz bella, como la de un ángel sufriente, su cabellera blanca y abundante. "No me viole, no me mate", suplicó ella. "No, sólo un beso", dijo él. Mordió los labios de Julia. Los arrancó. Luego chupó la carne y los gritos de horror. Se bebió toda la sangre y el pánico de la mujer. Finalmente el Abad Rojo se durmió junto al cadáver de su amante. Afuera continuaba lloviendo.

Un rayo plateado entra por una rajadura del arcaico ataúd. Roza la cara de Marcel. Lo despierta. Siente hambre el vampiro. La tristeza le ha impedido cazar en las últimas semanas. Aun así sale de su decadente lecho. Viste con una antigua casaca azul del siglo XVIII. Aún conserva alguna elegancia. Avanza torpe por el viejo mausoleo. Tropieza con huesos humanos roídos por las ratas. Ellas se fugan en tropel. Él se sienta en un sofá desvencijado. Tiene hambre, pero ya no le encuentra ningún sentido a recorrer la ciudad buscando víctimas. Escucha un maullido. Alarga el brazo y captura al gato negro. De una mordida le arranca la cabeza. Succiona toda la sangre. Tira el cuerpo y la testa. Sigue entrando el resplandor lunar. Se refleja en los ojos muertos del gato. Estos miran el infinito inmóviles como dos cristales diabólicos.

Saturna Laser se aproxima a la anciana. Gertrudis. "¿Que hace?" Lloro sobre la tumba de mi esposo. No soporto su ausencia". Ante ellas está una lápida vieja y sucia donde dice: Ignacio López. La tarde cae sobre el cementerio. Todo es soledad. Las viejas criptas semejan templos al dios de la tristeza. "¿Y usted que hace aquí?" "Necesito un rosario para mis oraciones en el convento". Gertrudis observa detenidamente a Saturna. Su rostro es bello pero está lleno de pequeñas heridas que no sangran y de moretones. Sus ojos no tienen pupilas. Solo son dos bolas blancas e inexpresivas. "Le regaló uno", dice la anciana y extiende un rosario. "No, lo tengo que hacer yo", contesta Saturna. "¿Cómo?" "Con cabello humano y dientes humanos. El pelo son el cordón, los dientes, las cuentas". Ya oscurece, casi no hay luz. El rostro de Saturna empieza a brillar con una luz infernal. Se levantan murciélagos. Vuelan en busca de comida y misterios. Gertrudis intenta huir, pero tropieza y cae al suelo. Saturna le pone un pie en la espalda y le quiebra la espina dorsal. Luego le arranca toda la cabellera blanca. El cráneo de la anciana se convierte en una bola roja y sanguinolenta. Nadie en el cementerio responde a sus gritos de terror. Saturna lame y traga la sangre. Luego voltea a la vieja. Le abre las quijadas a la fuerza. Constantemente Gertrudis intenta cerrarlas. Saturna le descoyunta la mandíbula inferior. Ya nunca podrá cerrar la boca. La mujer gime y chilla. Saturna le arranca todos los dientes. Empieza a envolverlos con pelo. Luego hace una cuerdecilla. Ensarta las cuentas. Con un gritó de espanto la anciana fallece. Son las cuatro de la madrugada. Una lechuza ulular. Levanta el vuelo. El resplandor lunar se extiende sobre los muertos. Saturna empieza a rezar al diablo con su rosario de sangre. Por fin aparece Satán en forma de niebla. De adentro de la nube fantasmagórica sale la voz del demonio. "¿Que me pides, hija de la noche?" "Deseo que la anciana que maté se convierta en un espectro más de este cementerio" "Concedido", dice el demonio. La niebla empieza a desaparecer. El día está cerca. Saturna arrastra el cadáver de la anciana y se sumerge en la cripta. Tira a Gertrudis al suelo. En 24 horas la señora se levantará como un zombie aterrador. Va hacia su ataúd. Quiere dormir. Escucha un susurro. Una mujer sucia, con los ojos marcados por el espanto, pregunta. ""¿Cómo se sale de aquí?" Es Elena. "Llevo tres días aquí y no encuentro la salida"". Saturna no la toma en cuenta. Entra a su ataúd y se duerme. Elena, presa de un hambre atroz empieza a devorar el cadáver. El sol se filtra por las grietas del techo. Afuera pian los pájaros, adentro el reino de Lucifer tiene un monstruo más.

Son las doce del día, pero el sol apenas bosteza tras las oscuras nubes. Llueve sobre la antigua ciudad. Llueve sobre el cementerio. El agua corre sobre los techos de las capillas mortuorias. Repica sobre las lapidas, moja los apellidos olvidados. Corre por las calles estrechas del camposanto. Ángeles y santos de mármol miran quietos la nada. Sienten frío en sus corazones de piedra. Está bajando la temperatura. Los torrentes bajan por viejas cloacas y hendiduras a lo profundo de las criptas. En algunas de ellas solo hay huesos; en otras funcionan conventos instaurado por la iglesia vampírica. Vonhaus es uno de padres superiores; pero también es notoria la abadesa Gonzaga, el cardenal Napellus, y el arcipreste Brandano. Luchan por dar el mejor servicio posible a Satán. Pero no ahora, no a las doce del día. A pesar de las penumbras que cubren la tierra, todos ellos duermen en sus sarcófagos. Los arrulla la quieta sinfonía del agua filtrándose en hondos aljibes. Desciende hasta los sótanos innombrables dónde descansan monstruos necrófagos. No son zombies, no son vampiros. Son la nada. No están ni muertos ni vivos. Son la oscuridad absoluta. Por ellos pasa el agua. Los ríos subterráneos no conocen el miedo ni la alegría. Simplemente fluyen en las tinieblas.

Agnès gusta pasear entre las tumbas. Tiene quince años. Viste de negro. Observa las plantas, los jardines ocultos, las flores que nadie conoce, y cree que abajo, en la tierra, soñando entre las raíces, duerme el príncipe Moriarty.

Él despierta en el crepúsculo. Ella lo sabe. En el crepúsculo, si, pues a esa hora, cuando el sol baja a su lecho mortuorio, cuando la luz es más leve que el ala de una mariposa, asciende desde alguna cripta subterránea la música del piano. Esa melodía y la soledad, el frío, la paz de las tumbas y la certeza de que un día conocerá al misterioso aristócrata, otorgan un placer inefable a la muchacha. La chica quiere dejar atrás la vulgaridad del mundo y llenarse de música.

Hoy el príncipe ha comenzado a tocar el concierto para piano en re menor de Mozart. Sus dedos vuelan sobre el teclado. Emociones tempestuosas, fuego en aquel olvidado camposanto. ¿Qué tiene que ver la música con la muerte? ¿Será que los difuntos navegan a lo profundo de la tierra acompañados de su concierto favorito? Entran los oboes y los cellos. Ponen las frágiles notas. Un movimiento suave y lento. Caen las hojas del otoño y Agnes sueña que es un fagot en manos de aquel príncipe muerto y sepultado que con manos fantasmagóricas toca el piano inmaterial. Hace que broten plantas de hojas negras. Ahora las tumbas parecen más antiguas. La profundidad da a luz una réplica de Viena. Los dorados salones están ahora en penumbras. Las otrora frescas y jóvenes damas son en este momento oscuras y malignas. Bailan y bailan. El príncipe subterráneo toca con más rapidez. La música se confunde con el viento que empieza a barrer el cementerio. Agnes grita. "Príncipe, príncipe, ¿cuándo podré conocerte?" Nadie le responde. El piano calla. Solo se escucha el viento barriendo las hojas otoñales.

Ella sigue caminando entre las tumbas. Anochese. La luz es poca. Se oyen aullidos de perros y gruñidos de seres difíciles de clasificar. El sol se marcha. La oscuridad va tomándolo todo. Agnes abre los brazos, quisiera abarcar la noche y sus muertos. Es una adicta a las tinieblas.

EL SEÑOR DE LA PENUMBRA

I

La mano cadavérica, pálida, apartó la densa telaraña. Ante Nepemuk apareció el sótano.

Bóvedas sostenidas por columnas de piedra. Dos velas transmitían un triste manto amarillo, apenas la luz necesaria para distinguir los bultos en el piso. Semejaban cabezas humanas, costillares o fémures, todo en estado de putrefacción. Despedían una pestilencia terrible, pero esto no le importaba mucho a Nepemuk. Lanzó un nuevo cuerpo a aquella fosa. Cayó retorciéndose sobre la montaña de cadáveres. Sonó el llanto final de un niño. La criatura terminó de desangrarse. Murió. Después todo volvió al silencio. Durante un lapso de cinco minutos o más no se escuchó más que el murmullo del agua subterránea en alguna ciega corriente. Luego hubo otro ruido, el de cuerpos pesados y torpes moviéndose entre los huesos. Los pequeños fuegos no lograban delinear los rasgos y las formas concretas de aquellos seres.

Nepemuk Hummell distinguió como se acercaban al cadáver y empezaban a comer. Notó algo alarmante: ya no eran dos los necrófagos, sino tres. ¿De dónde había salido el tercero? Terminaron rápido con toda la carne del infante. Luego quebraron y royeron sus huesos. No fue suficiente para ellos. Empezaron a chillar como ratas. Era su manera de expresar el descontento. No habían quedado hartos. Querían más comida, pero Hummell no tenía más niños por el momento. Los necrófagos lo miraron. Sus ojos brillaban en la oscuridad. Nepemuk fue retrocediendo con temor. El deseo de seguir comiendo hacía muy peligrosos a aquellos seres. Ellos eran gouls, la forma más degradada de los vampiros. Ya habían perdido, incluso, la capacidad de hablar. Su agresividad aumentaba, empezaban a subir la escalera. Nepemuk corrió hacia la salida. Cerró violentamente la puerta y puso el candado. Dio la espalda a los muertos y a los gouls. Ya en la sala, volvió a sentarse en el mullido sillón donde solía leer a poetas antiguos.

II

El señor Carlos Villarias hacía un trabajo que parecía ridículo a su hija y a su esposa. Sin embargo, a él le gustaba. Recorría las calles de la Ciudad de México para localizar casas abandonadas. Anotaba las direcciones en un cuaderno, luego preguntaba a los vecinos, al que recogía la basura, al policía de la zona, al que fuera, qué sabían del inmueble. ¿Había descendientes? ¿Estaba la propiedad en litigio? ¿Estaba en venta? Todo esto lo proporcionaba a la compañía constructora Invercasa. Los abogados, con los datos de Villarias, investigaban rigurosamente el estatus legal del inmueble.

Comprarlo a un precio bajísimo, demolerlo y construir allí edificios de departamentos era el objetivo. Esas subdivisiones se vendían muy bien, las ganancias eran altas, por lo que Villarias recibía un pequeño salario quincenal. Su esposa Gelasia y su hija Conchita le habían dicho que pidiera un aumento de sueldo, pero él era un hombre tímido y no se atrevía. Seguía trotando las calles en busca de aquellas casas solitarias, sin vida, que eran una metáfora de él mismo.

Un día, en la calle Navojoa, en la zona deVenustiano Carranza, vio una vieja casa de dos plantas, cuya decadencia y soledad contrastaba con los otros inmuebles; todos, por sus características, construidos en el siglo XX.

Piedras y adobes mezclados constituían sus muros. Las ventanas, rematadas en arcos de medio punto, eran pequeñas y los vidrios, opacos de tanto polvo, no permitían atisbar hacía adentro. Una herrumbrosa verja de hierro limitaba de la calle lo que alguna vez fue un jardín delantero. Carlos Vallarías hizo lo acostumbrado. Se acercó. Su vista escudriñaba cada palmo de la fachada en busca de un medidor de electricidad o de agua. No encontró ninguno. La casa no estaba habitada. Faltaba preguntar a los vecinos. Tocó en varios domicilios.

Nadie abrió. En ese momento pasaba el hombre que recolectaba la basura. "Oiga, señor... ¿Usted sabe si en esa casa vieja de casualidad vive alguien?" "Sí, vive un hombre". Lo asombró esta respuesta. ¿Cómo puede alguien vivir sin luz? Luego pensó que tal vez el dueño quisiera vender. Volvió a preguntar: "¿Y quién es ese hombre? ¿Cómo se llama?". "No sé su nombre, pero es muy viejo. Cada tercer día abre la puerta, pone una bolsa de basura y sobre la bolsa una moneda de oro. Yo tomo la bolsa y el oro y sólo veo como se aleja. Por la forma en que camina es un viejo". "¿De oro, dice?" "Sí, de oro". "¿Y quién paga con oro en este 2023?" "Yo que sé. Pero a mí me viene bien. Me dan buen dinero por ese oro. Ya hasta me compré un carro nuevo", dijo el basurero y siguió haciendo sus tareas.

¿Cómo un hombre que poseía oro no pagaba para que le pusieran servicio eléctrico? Intentaría hablar con aquel viejo, tal vez estaría dispuesto a vender su propiedad.

Empujó la puerta de hierro. Ni pestillo ni candado había. Entró al terreno. Plantas espinosas y algunos cactus era lo único que medraba. La puerta era de madera carcomida, con grandes clavos de hierro. Carlos levantó la aldaba de bronce y tocó varias veces. Nadie respondía. Ya se iba cuando desde adentró salió una voz cascada a causa de los muchos años: "Pase, empuje la puerta". Vaciló unos instantes. ¿Cómo trasponer la puerta de una casa tan lúgubre sin conocer al propietario? "Pase", volvieron a decir desde adentro.

Carlos empujó la puerta levemente. Las bisagras rechinaron, como si hiciera muchos años que nadie entrara. Siguió empujando. Sintió que el interior de la casa emitía un bostezo de aire frío. Dio un paso más. Otro...Pasó. Aquel espacio semejaba estar bajo el azote del invierno. La transición desde la luz a la penumbra cegó momentáneamente al corredor de bienes raíces. Así que lo primero que conoció de aquella casa fueron los olores. A polvo acumulado, en primer lugar; un viejo polvo que capa tras capa seguramente había marcado un calendario inescrutable de décadas y lustros pretéritos; a humedad, esa que lentamente asciende desde los ríos subterráneos y afloja cimientos, inunda sótanos y va cubriendo las paredes de manchas calcáreas, blancas, grises, donde a veces germinan organismos arcaicos de los que nadie sabe ya el nombre.

Y el agua hace su trabajo de zapa también desde los cielos, pudriendo las vigas de esas casas.

A carcomas, a insectos, a cucarachas, a alimañas olía también. Sin embargo, nada parecido a la sudoración de un ser humano o a la preparación de alimentos llegaba a la nariz de Carlos. Sus ojos empezaban a distinguir el entorno. Muebles tapados por sábanas blancas recibían la escasa luz filtrada a través de los sucios vidrios. El techo era alto y desde el centro colgaba una enorme lámpara de ocho brazos, pero todas las bombillas estaban rotas. ¿Quién vivía allí? ¿Quién lo había invitado a entrar? Avanzó un poco más. Cada pisada suya levantaba una nubecilla de polvo. Giró en redondo. Sólo desolación. "Se casó demasiado joven... ¿Verdad? Porque sólo tiene cincuenta y tres años y se ve de setenta". La voz lo sobresaltó. Era la de un ser enfermo, moribundo, próximo a tumba. Carlos se volvió con rapidez y vio al fondo de la sala, en un sillón de alto espaldar, un hombre extremadamente delgado, de rostro pálido como una estatua de cera. En su cráneo, blanco y bulboso como las cebollas, no había un solo cabello. Estaba vestido con una levita negra, totalmente fuera de moda. Sus manos, sobre los brazos del mueble, eran cadavéricas, de largos dedos y uñas afiladas. "Nepemuk Hummell, a sus órdenes, caballero". Se dio cuenta de que el acento era ligeramente alemán. Villarias sintió que el frío aumentaba. Quizás ya había bajado a tres o cuatro grados centígrados. Algo totalmente inusual en el mes de marzo en la Ciudad de México. "Soy un buen fisonomista", murmuró el sujeto. Luego añadió algo más en alemán. "Willkommen dann, o Stille der Schattenwelt! Zufrieden bin ich, wenn auch mein Saitenspiel. Mich nicht hinab geleitet; Einmal Lebt ich, wie Götter, und mehr bedarfs nicht". Sílaba tras sílaba, lentas, aquellas palabras parecían desplegar una melodía de ultratumba. No entendió una sola palabra el corredor de bienes raíces, pero quedó hechizado. Ya no le parecía repugnante el señor, el señor... "¿Cómo dijo que se llama?" "Nepemuk Hummell", contestó con su voz anticuada y germánica. "Sonó bello". "Sí, es un fragmento de Holderlin, mi poeta preferido. Esta es una posible traducción al español: Bienvenido entonces, oh silencio del reino de las sombras. Contento estaré, aunque mi lira allí no me acompañe; por una vez habré vivido como un dios, y más no hace falta". Carlos empezó a temblar. El frío aumentaba. "Vivir como un dios en el reino de las sombras....", acertó a decir. En aquel rostro, pálido como las lágrimas de una mariposa nocturna, surgió una sonrisa. Se vieron sus dientes largos y afilados. "Veo que es usted un hombre con sensibilidad artística. Lo invito a regresar y a que leamos un poco de poesía. Sin embargo, venga, digamos, a las cinco de la madrugada, yo acostumbro a vivir de noche. Son las diez de la mañana, ya debería estar dormido. Me despido, señor Carlos", dijo aquel ser, se levantó del sillón y se fue por la puerta del fondo. El frío empezó a disminuir. ¿Le había dicho su nombre? Tal vez sí, sino... ¿Cómo se habría dirigido a él llamándole Carlos? No estaba seguro. Miró a su alrededor otra vez. Advirtió que ya no estaba el sillón desde el cual lo interpeló Hummell. Sólo muebles tapados por sábanas y por la mudez de siglos lo rodeaban.

Y el polvo... No entendía la situación. De cualquier manera debía irse. Salió por la puerta de la calle. El sol brillaba en todo su esplendor. Caminó hacia una avenida cercana. Recordó que nunca le había preguntado al señor Hummell si la casa estaba en venta. Se sintió estúpido y continuó buscando inmuebles abandonados.

Sin embargo, no se concentraba. El encuentro con Hummell le había dejado un malestar inexplicable. Era una falta de deseos de hacer cualquier cosa, una urgencia por sentarse y contemplar un paisaje tranquilo. Un bosque neblinoso, un lago o tal vez la fría noche de un desierto. En ese momento sonó el teléfono. Era su hija Conchita. "Papá, tu nieta tiene diarrea. Te mando foto de la medicina. Ve, por favor, a la farmacia, cómprala y tráela rápido". Dijo que sí con parquedad. Si se negaba, Conchita seguramente entraría en un ataque de histeria y lo insultaría. La nieta de cinco años, Vanesa, era un ser siempre mocoso, malcriada, sin respeto por nadie, que todo el tiempo estaba en una tableta electrónica donde jugaba mil idioteces. Lo peor era cuando Conchita le decía "Papá, ni te ocupas de tu nieta. Ve con ella, ve lo que juega, únete al juego". "Sí, sí, hazlo, por favor, Carlos", reforzaba la petición su esposa Gelasia. Alguna vez intentó entender que hacía la niña en aquel adminículo. Vio monitos que saltaban de un lado a otro en un laberinto, armonizados con una música metálica, chirriante e insufrible. Puso el dedo sobre la pantalla. Repentinamente los monos se transformaron en tigres. La niña empezó a llorar y le pegó un moco en la corbata.

Bajo la lluvia de insultos de Gelasia y Conchita, Carlos se retiró silencioso a su cuarto. Ahora que le pedían medicinas para el mal estomacal de la chiquilla, no pudo evitar que en su mente surgieran las imágenes del excremento. Recordó las palabras de Nepemuk Hummell: "Se casó demasiado joven... ¿Verdad? Porque sólo tiene cincuenta y tres años y se ve de setenta". Lo golpearon como un latigazo. Gelasia, Conchita y, ahora, Vanesa, se habían encargado de arruinar su vida. Lo habían convertido en una cucaracha miserable que trotaba las calles no tanto para ganar dinero, sino para estar fuera de una casa donde lo torturaban. Hummell, Hummell... ¿Cómo habría adivinado que se casó joven? Qué importaba. Se dio cuenta que el encuentro con aquel raro sujeto era el momento más feliz que había tenido en los últimos diez o quince años. Y, por si fuera poco, Nepemuk Hummell lo había invitado a volver. ¡Claro que volvería! Aquellos versos del poeta alemán... ¿Cómo se llamaba? No tenía importancia, los recordaba: "Silencio del reino de las sombras. Contento estaré, aunque mi lira allí no me acompañe; por una vez habré vivido como un dios y más no hace falta". Era una revelación, las palabras le sonaban una y otra vez en la cabeza como a aquel que abre un libro prohibido y escapa de lo profano y la vulgaridad al mundo de lo sagrado. "Por una vez habré vivido como un dios...", repitió en su mente y con pasos de atormentado se dirigió a la farmacia más cercana.

Tomó un taxi. Al abrir la puerta de su casa lo recibieron los chillidos de la nieta y el hedor a mierda. Puso la medicina sobre la mesa. Su esposa empezó a reclamar: "Parece que no te interesa la niña..." Pero no supo que más dijo porque se largó a la calle. Eran las dos de la tarde y el sol pegaba fuerte. Decidió irse por Avenida del Taller, cerca del Centro Histórico, a ver que inmueble lograba ubicar.

Caminó varias cuadras hasta que vio una casita, la vestidura de la fachada se había caído, mostrando su fábrica de ladrillos ocres, piedras y adobes. Una puerta de madera, cruzada de resquebrajaduras, y una ventana de cristales polvorientos anunciaban su abandono. El hecho de ser pequeña, de estar junto a una avenida donde pasaban miles de coches expulsando sus tóxicos vapores, donde todo el mundo iba rápido a alguna urgencia, a algo útil, aumentaba en aquella vivienda el aura de soledad y tristeza. La melancolía propia de los que ya no son necesarios a nadie, por pequeños, por lentos, por viejos, impregnaba la construcción. Ella, detenida en un tiempo impreciso, allá por 1920 o quizás 1900, no se sabe. En lo inútil sólo quedan vagas huellas de su historia. ¿Vivía alguien allí?, se preguntó Carlos. Observó, no había contador de luz eléctrica ni de agua. Típico... Anotó la dirección en su teléfono: Avenida del Taller, número 70. Estaba acalorado. Necesita descansar. Pensó en regresar a su casa. Pero no, allí sólo había pestilencia y gritos. ¿Por qué no tumbarse un rato dentro de aquel inmueble abandonado? Sí. Empujó la puerta, no cedía. Fue hasta uno de los costados. Vio un hueco en la pared, muy bajo, a ras de tierra. ¿Cabría por allí?

Seguramente sí. Dobló su cuerpo poco acostumbrado a la gimnasia. A su saco se impregnaron fragmentos de ladrillos y terrones.

Del otro lado olía a bosque. Hiedras, arbustos, mandrágoras, plantas espinosas, helechos suaves, invadían lo que antes, al parecer fue una sala. La mayor parte del techo se había caído. Por un pasillo llegó a uno de los cuartos. Húmedo, atravesado por raíces, aún quedaba un sillón. Allí se sentó Carlos Villarias. Los ruidos de los coches ahora sonaban lejanos. Entre restos de vigas y tablas, grandes hoyos aminoraban el techo. Sintió una gran paz. La tarde decrecía, los amarillos del sol se tornaron naranjas, violetas, grises... Decidió que esa madrugada iría a visitar a Nepemuk Hummell. Le diría a su esposa que tendría que levantarse más temprano. La frescura del amanecer le permitiría caminar más y ubicar más inmuebles: sus comisiones podrían aumentar.

Cuando despertó tenía encima el cielo oscuro y sin estrellas de la Ciudad de México. ¿Qué hora es? ¿Cuánto había dormido allí? Vio su teléfono. Las once de la noche. Todavía podría tomar el metro para regresar. Salió de aquellas ruinas. Temía la reprimenda de su esposa. ¿Le daría ella un bofetón como la última vez que había tenido muy bajas comisiones y dio poco dinero? Para colmo el tren se demoraba. Llegó a su casa a las doce treinta. Abrió la puerta con extremo sigilo. Flotaba en el aire todavía un leve olor a diarrea. Escuchó los ronquidos de su esposa. Entró al cuarto pensando que no la despertaría. Se quitó la ropa y justo cuando empezaba a poner su cuerpo en la cama ella, la temida Gorgona de cabellos de serpientes, dejó de roncar, abrió los ojos y lo insulto: "¡Maldito viejo verde! ¿Crees que no me doy cuenta que me engañas? Por eso traes tan poco dinero a tu casa. ¡Se lo das a las lagartas con que andas!" Él tartamudeó una vaga disculpa. Más fuerte fue el puño cerrado de Gelasia. Le rompió el labio superior. Carlos corrió al baño a lavarse. Cerró la puerta. Temía que su esposa lo hubiera seguido para volver a pegarle.

No, la casa otra vez se había quedado en silencio. Los ronquidos de Gelasia volvían a cimbrar las estructuras. Él no se atrevió a salir del baño. Apagó la luz. Intentó dormir sentado en un rincón. Era difícil. A ratos cabeceaba y dormía unos cinco minutos. Despertaba a causa del duro y frío suelo y, también, por el ansia de que llegaran las cuatro de la madrugada para irse a casa de Nepemuk Hummel.

Llegó la hora. Estaba muy cansado. Apenas había dormido. El frío acuchillaba su cuerpo. Sin embargo, deseaba estar ante aquel hombre más que nada en el mundo. Abrió la puerta del baño y suavemente alcanzó la de la calle. Salió a una madrugada silenciosa. No abrían aún el metro. Tomó un taxi rumbo a aquel ser de rostro sin sangre. A ratos se dormía. Entonces surgía ante él la figura fantasmal recitando los versos de Holderlin: "Bienvenido entonces, oh silencio del reino de las sombras. Contento estaré, aunque mi lira allí no me acompañe; por una vez habré vivido como un dios, y más no hace falta". En uno de los despertares se dio cuenta de que un hombre sólo logra su plenitud en medio de la oscuridad y en la ausencia de ruidos. Volvió a dormirse en el mullido asiento del vehículo. Lo despertó la voz del taxista. "Llegamos. ¿Seguro que es aquí?" "Sí", contestó Carlos y pagó. No era rara la pregunta del chofer. A la luz de una lejana farola pública, la casa parecía más abandonada y muerta que nunca.

Carlos Villarias abrió la puertecilla de hierro que daba al reseco jardín. Notó el cambio de temperatura. Un poco más de frío que en la calle. Iba camino hacia un sol pálido que emanaba hielo. Al llegar a la puerta vio que estaba entreabierta. Vaciló unos instantes. "Pase, sé que es usted". Era la voz de Hummel. No dijo "pase, Carlos", sólo pase, ¿no estaría esperando a otra persona? Una ráfaga de viento estremeció las ramas espinosas del jardín. Cayeron gotas de agua. Tronó en el cielo. Se aproximaba un aguacero. No tenía otra opción Carlos. Empujó la puerta. Los goznes y bisagras rechinaron. La casa lo recibía como un anciano de trescientos años que se levanta luego de un largo sueño y todas sus articulaciones empiezan a sonar.

Pasar a la sala llenó de asombró al corredor de bienes raíces. Había decenas de candelabros de bronce. En el suelo, en las mesas, sobre el piano, o colgando del techo. La suciedad del día anterior había desaparecido. Un ambiente de opulencia empezaba a aplastar a Carlos. Gruesas cortinas y tapetes de terciopelo escarlata cubrían las paredes. El artesonado con motivos neoclásicos del techo, mostraba las imágenes de dioses y diosas romanas en todo su esplendor. Embobado, Carlos Villarias se había quedado inmóvil en el centro del salón. Escuchó la voz invernal de Nepemuk Hummel. "Vamos, adelante... ¿Se va a quedar ahí?" Como la vez anterior la invitación procedía del fondo. Allí, sentado en su cómodo y lujoso sillón, estaba el hombre. Su ropa negra y su rostro cadavérico recibían las luces rojas y naranjas. Resaltaban sus rasgos filosos, tenía mirada inteligente, pero de su faz no se borraba aquel aspecto de tela de cebolla.

Junto a él había otro sillón, una botella de vino y una copa sobre una mesa trípode. "Siéntese", dijo Nepemuk. Carlos aceptó. Hummel, parsimoniosamente descorchó la botella, dejó que respirara y sirvió. "Beba, es una cosecha francesa de 1890". "¿Usted no me acompaña?" "Ruego me disculpe. Yo nunca bebo... vino". Villarias se quedó unos instantes en suspenso. Un gesto de la blanca mano del anfitrión lo decidió a dar el primer sorbo. Estaba delicioso. De otra mesa Nepemuk trajo un libro. "Sabe, a esta hora, cuando la tranquilidad es casi absoluta, me gusta leer poesía. Le leeré unos versos de Amado Nervo. Dice: 'La bruma es el ensueño del agua, que se esfuma en leve gris... A través de su velo mirífico, parece como que la materia brutal se desvanece: la torre es un fantasma de vaguedad.' ¿Qué le parece?" "Exquisito, muy bello", contestó Villarias. Iba a agregar. "Después de veintiocho años casado, este es el mayor momento de felicidad que vivo", pero no lo hizo. ¿Para qué agobiar a aquel desconocido amable con sus problemas de familia? En cambio, observó las manos de Hummel al dar vuelta a las páginas. Lo que en la primera visita a la casa había confundido con uñas muy largas, eran en realidad una prolongación de la cerúlea piel de los dedos en unas especies de punzones o leznas. Las puntas eran como agujas. ¿Qué extraña enfermedad padecería aquel hombre? Le dio otro trago al vino. En ese momento tocaron a la puerta. "¡Diga!", gritó Hummel. "Aquí le traigo lo que encargó, señor Hummel". "Ah, Olegario, muchas gracias. Espere un momento, por favor". Nepemuk se levantó lentamente de su sillón. Fue hasta un baúl y extrajo varias monedas. Por el brillo a Carlos Villarias le parecieron de oro. Hummell las echó en una pequeña bolsa de terciopelo negro. Fue hasta la entrada. "Adelante". Se abrió la puerta. Ya alboreaba. Villarias distinguió la silueta del basurero. "Aquí está, señor Hummell". "Sí, sí, gracias. Tome el oro". "Gracias a usted, Nepemuk", dijo el empleado de limpia y se retiró.

Villarias volvió a llenar su copa de vino y observó con detenimiento la escena. Dentro del costal que arrastraba Hummell había algo vivo, no muy grande, quizás del tamaño de un perro labrador. Se agitaba con desesperación, chillaba. Era un niño pequeño. "¡Mamá! ¡Mamá!" El corredor de bienes raíces se restregó los ojos. ¿Sería real lo que veía? Por la voz el pequeño parecía tener sólo unos dos años. Nepemuk lo seguía transportando, llegó hasta un hueco en el extremo izquierdo de la sala. Allí Hummell se echó el saco al hombro y descendió a las tinieblas por lo que Villarias supuso sería una escalera. ¿Qué estaba sucediendo? No acertaba a discernir. El silencio fue absoluto. Carlos se mantuvo expectante unos tres minutos. Nada sucedía. Con mano temblorosa tomó la botella. Se sirvió la tercera copa de vino. Bebió con enorme placer. Aquel líquido le daba una alegría casi sobrenatural. Empezó a gritar: "¡Nepemuk, señor Nepemuk, venga a beber conmigo!" No hubo ninguna respuesta. Miró a su alrededor. Eran exactamente seis los candelabros que lo rodeaban. Las llamas del de la extrema derecha comenzaron a decrecer. Morían poco a poco.

Se apagaron y el bronce que las había sostenido pareció que iniciaba un proceso de disolución. Iba a gritar otra vez el nombre de su anfitrión, pero el grito desgarrador de un niño rompió la tranquilidad del amanecer. Carlos se estremeció de terror. Tomó la botella y, sin servirse en la copa, bebió grandes sorbos. "¡Noooo...noooo... Mamaaaaa!" La petición de auxilio venía de aquel lugar oscuro en el que había desaparecido Hummell. ¿Qué estaba pasando? Villarias intentó pararse, pero se tambaleaba, no podía caminar. Había ingerido todo el vino. Cayó pesadamente en el sillón. Escuchó los estertores lastimosos de una vida que se va. El niño... el niño... Nepemuk era un asesino. Quiso ir a salvar a la criatura, nuevamente el alcohol se lo impidió. Las formas empezaban a ser borrosas. Las telarañas volvían a cubrir techos y paredes. El polvo crecía sobre cada objeto. Lluvias y suciedad de trescientos años opacaron los cristales de las pequeñas ventanas. Por allí, fría y desoladora, entró la claridad azulada propia de las seis de la mañana. El vino terminó de hacer efecto y Carlos Villarias roncó casi tan fuerte como su esposa Gelasia.

Al despertar le dolía la cabeza. Lo rodeaba la miseria, el polvo y la tristeza que emanan de las casas abandonadas durante siglos. Pensó que todo había sido un mal sueño. Sin embargo, las circunstancias eran muy extrañas. A sus pies estaba, vacía, la botella de vino. A la izquierda, sobre una pequeña mesa, un libro de poemas de Amado Nervo. Lo revisó. La edición era del año 1900. Sus manos temblorosas recorrieron las hojas amarillentas y quebradizas. Halló un fragmento familiar. "La bruma es el ensueño del agua, que se esfuma en leve gris..." Se quedó perplejo. No había sido una pesadilla. Realmente pasó la madrugada con Nepemuk Hummell. ¿Por qué todo lucía entonces nuevo y lujoso? Ahora únicamente lo rodeaba la vejez. Estaba confundido. Aunque recordara que el entorno era diferente, no lo había soñado. Allí estaba la botella de vino vacía y el libro de poemas para atestiguar que las horas pasadas en compañía de Nepemuk fueron reales. ¿También el asesinato del niño? ¿Hacia dónde estaba la escalera usada por Hummell? Buscó en la sala. La encontró.

Era un ancho boquerón a nivel del suelo. Unos escalones de piedra, muy gastados, se hundían en las tinieblas. De allí brotaba un asqueroso hedor a cadáveres en descomposición. Villarias no se atrevió a descender. Retrocedió asustado.

Abrió la puerta de salida y escapó a la calle. El sol pegaba sobre sus párpados con enorme fuerza. Los ojos, de tanto mal dormir, le dolían. Miró su teléfono móvil. Eran las tres de la tarde. Tenía varias llamadas perdidas de Gelasia y también de la empresa para la que trabajaba. ¿Qué hacer? ¿Ir a la policía y denunciar un asesinato? ¿Hablarle a Gelasia para no acrecentar su furia? ¿Hablar a Invercasa antes de que tomaran la decisión de despedirlo? Nunca en su pequeña mente de hombre encorvado se habían presentado tantas contradicciones. El no poder decidir le dio taquicardia y falta de aire. Se recostó a una pared. En el bolsillo interior de su saco el teléfono sonaba. ¿Sería Gelasia? El terror le impedía tomarlo y ver quien llamaba. Sus manos empezaron a temblar. Se acercó un policía. "Señor... ¿Le pasa algo?" Un policía. Algo tenía que decirle a la policía, algo tenía que denunciar. "¿Por qué tiembla y suda así? ¿Lo asaltaron? ¿Está bien?", insistió el oficial. No, en su pequeña mente de esclavo no cabían tantas cosas. Decidir, decidir era un verdadero infortunio. "Señor, se ve muy mal. Alguien lo llama, con su permiso tomaré el teléfono. Quizás esto aclare lo que le ha sucedido". El policía extrajo el teléfono de Carlos Villarias y tomó la vigésima llamada de Gelasia en aquel día. "Desgraciado, hijo de la chingada, pinche puto, ya sé porque no traes dinero a tu pobre familia..." "Señora, señora..." Trató de interrumpir el policía. Pero Gelasia era imparable. "Carlos, maldito Carlos, han estado llamando de Invercasa, que no entregaste el informe de inmuebles de esta semana, que tu trabajo en esa empresa cada vez es peor." "Señora, señora, no soy Carlos, soy el oficial Ramón Duarte, teniente de la policía capitalina". Hasta ese momento Gelasia se dio cuenta de que la voz que contestaba no era la de su marido. Se aplacó un poco. "¿Qué pasó oficial? No me extrañaría que esté detenido por robo. Sabe... Una vez se robó unos chocolates de un supermercado. Tiene tendencia al delito". El calor aumentaba, la contaminación atmosférica subía a causa del estancamiento vehicular. Carlos podía escuchar los gritos de su esposa. El miedo hizo que se orinara en los pantalones. Luego se desmayó.

El policía colgó la llamada de la rabiosa consorte. Pidió una ambulancia. Los paramédicos revivieron a Villarias rápidamente. "Sólo tiene una crisis de pánico y ansiedad, oficial Duarte. Le inyectaremos un tranquilizante". "Ok". La taquicardia, el miedo, la angustia, cedieron un poco. Bajo el peso de las malas noches y el maltrato, Carlos se durmió dentro de la ambulancia. Ramón Duarte revisó los documentos. "Este hombre vive cerca de aquí. Ya que dice que no tiene mayores problemas, les pido el favor de que lo lleven a su casa. Yo los iré escoltando en la patrulla". Eso hicieron.

Al llegar al edificio para la clase obrera donde vivía Carlos Villarias, los paramédicos se las ingeniaron para subirlo en parihuela hasta el tercer piso. Allí, en la puerta, estaban Gelasia, Conchita y Vanesa. La esposa y la hija, un poco intimidadas por el uniforme, los radiotransmisores y el arma de Ramón Duarte, callaban. Pero la niña le pegó un moco al abuelo en la frente. Los paramédicos fingieron no haber visto nada. Depositaron a Carlos en la cama matrimonial. Mandaron su reporte al Escuadrón de Rescates y Urgencias Médicas y se marcharon. Duarte le dio su número telefónico a Conchita. "Si llega a haber algún problema llámeme". La joven asintió y el teniente se marchó. Tenía un mal presentimiento sobre aquella familia, aquello no terminaría allí, algo peor podía pasar. Su instinto de investigador se lo decía. Pero de momento no había nada más que hacer, no se había producido ningún delito.

El crepúsculo entraba por las pequeñas ventanas de la sala acentuando el desorden y la miseria de aquel hogar. Gelasia y Concha se miraron atónitas. Vanesa jugaba a que era una cerdita y resoplaba tratando de imitar el sonido de estos animales.

Tendido en la cama, Carlos acababa de despertar. Palabras inconexas venían a su mente. "Asesinato", "desempleo", "torturas", "golpes", "denunciar un crimen a la policía". Ya no estaba seguro de nada. Fue la policía y los ambulancieros quienes los que lo trajeron a su casa. Quizás lo habían asaltado y eso era lo que tenía que denunciar. ¿Fue víctima de un intento de asesinato? ¿Y el niño que lloraba? Nepemuk Humell... Un murmullo, voces femeninas que susurraban, interrumpieron sus pensamientos. "Te lo digo mija, han estado haciendo redadas en los prostíbulos, detienen a los clientes también". "¿Crees que eso fue lo que le pasó a mi papá?" Su esposa describía a detalle los operativos que en los últimos días hizo la autoridad en los lupanares. Lo leyó en el periódico La Prensa. Carlos se encogió de hombros. A lo largo de las décadas de matrimonio Gelasia lo había acusado de muchas cosas absurdas.

Decrecían rápidamente los rayos del sol. Pronto en la habitación todo fue penumbras. "Mira, todo concuerda. No entrega los informes del trabajo, apenas aporta unos centavos a la casa, y luego lo trae la policía todo orinado y cagado. La lógica es esta, trabaja poco y gana poco, pero eso lo gasta en un congal de mala muerte con putas. Hicieron el operativo, lo capturaron, con el poco dinero que le quedaba sobornó al oficial y a los de la ambulancia para que lo trajeran en calidad de lesionado y librarse de la golpiza que merece". Al oír esto Villarias empezó a temblar de miedo. "Tenemos que darle su merecido a este pinche hijo de la tiznada, mija". Se enderezó en la cama. Sus ojos buscaban enloquecidos por donde escapar. Pero sólo había una puerta y detrás de la misma estaban Gelasia y Conchita. Se levantó con pasos inciertos. Aún vestía la bata para enfermos que le habían puesto los paramédicos y el sedante atontaba sus movimientos. "Mira, mamá, coge esta soga". "Esoooo... mijita. Es gruesa, unos buenos correazos en la cara no le vendrán mal a ese desgraciado". Los pasos se aproximaban, desde la sala, a la puerta del cuarto. El crepúsculo había cedido su espacio a la noche. La oscuridad reinaba alrededor de Carlos, excepto en un pequeño cuadrado: la ventana. Escuchó que abrían la puerta. Levantó el cristal y se lanzó desde el tercer piso.

No murió. Unos brazos flacos pero resistentes detuvieron su caída y lo depositaron en el suelo. Carlos Villarias, asombrado, contempló a su salvadora. Muy vieja, muy vieja, la piel era una verdadera colección de arrugas. Un rostro tan pálido como el de Nepemuk. Sin embargo, su pelo era negro, sin una sola cana. Le llegaba hasta la cintura. Ella sonrío. Tenía los mismos colmillos afilados que Humell. "Vámonos, su tiempo en esa casa ha terminado. Lo ayudaré". Curiosamente la voz era de mujer joven. Carlos le echó un brazo sobre los hombros y ella lo fue guiando a través de la noche. Como espejismos brumosos, sin ser notados, cruzaron avenidas y callejones hasta llegar a la residencia de Nepemuk Humell. La mujer lo sentó en un viejo sillón. Prendió una lámpara de aceite. Villarias miró a su alrededor. Todo estaba igual al primer día en que entró a aquella morada: polvo, abandono, ruina y desolación. Pero también tranquilidad. Esa paz que otorga el saber que no estamos en peligro, que los agresores ya no podrán alcanzarnos.

Frente a él, en otro sillón, estaba la mujer que lo había rescatado. Pudo apreciar sus manos y uñas: eran filosas y largas como las de Hummell. Ella se presentó: "Soy Índiga, condesa de las Ibernias, hija de Don Francisco Pacheco de Córdoba y Bocanegra, adelantado de la Nueva Galicia en el Virreinato de la Nueva España, caballero de la Orden de Santiago". Carlos hizo un cálculo mental. Aquella mujer, aproximadamente, debía de tener unos cuatrocientos años. Ahí se quedó, su mente no estaba apta para mayores reflexiones. "Oiga, señora Índiga, ¿Nepemuk come niños?" "No, sólo les chupa la sangre y luego tira el cadáver en el sótano. Los gusanos se los comen, no tan rápido como quisiéramos. Por eso apestan demasiado. No me gusta ese hedor, pero a él parece no importarle". Carlos asintió. No hizo más preguntas. Las golpizas, las malas noches, los insultos, el cansancio extremo, lo habían llevado a un embotamiento de sus emociones. Ya no le importaban los niños asesinados. Aquel sillón era muy cómodo. Se durmió. Tuvo sueños extraños, había, sobre bandejas de oro y plata, un número infinito de legumbres con rostros humanos.

Lo despertó un ruido que venía del sótano. Alguien caminaba chocando con huesos secos y otros trastes de índole inclasificable. Cerca de él seguía prendida la lámpara de aceite y en el otro sillón la condesa de las Ibernias. Su cara en extremo arrugada, con un viso de ferocidad en la boca de finos labios, parecía muerta. Y, bien, no importaba su aspecto. Lo había salvado. ¿Qué hora sería? ¿Sería muy tarde? ¿Habría pasado mucho tiempo en la calle? Luego Villarias pensó que la pregunta en sí misma era estúpida, ya no tenía una casa a la que llegar a una hora determinada. Esto le produjo un gran alivio espiritual. Conocía, por primera vez, la libertad. Y la libertad es bella, aunque se viva entre seres monstruosos. Fijó su mirada en Índiga. Seguía inmóvil ella, mas no el salón. Pequeñas llamas empezaban a prenderse por doquier. Flotaban en el aire. De ellas empezaron a escurrir candelabros de bronce cuyas bases se afirmaron en el suelo. Lustros y décadas antiguas reabsorbieron el polvo que habían depositado durante siglos.

El piso quedó limpio. De lo alto de las paredes cayeron espesos cortinajes de terciopelo rojo. Cobró solidez el aristocrático sillón de Nepemuk Humell. Villarias volvió su rostro hacia la Condesa de las Ibernias, con ánimo de preguntar la causa de todo aquello. Se asombró. Índiga ya no era una anciana. Su rostro tenía la bella tersura de una mujer de no más de treinta años. "Con el mayor respeto hacia usted, señora, quiero decirle que es muy bella".

"Gracias. Me halagan sus palabras. Sin embargo, el mundo está lleno de mujeres bellas. ¿No las ve a diario mientras trota las calles?" El aire se iba llenando de un agradable olor a exóticos perfumes árabes. "Creo que siempre he caminado tan lleno de preocupaciones que no he podido ver esas mujeres bellas de las que habla". En ese momento los débiles ruidos de los insectos se pausaron. El frío aumentó. "Esos tiempos terminaron, señor Villarias. Usted tiene un delicado espíritu que sabe degustar el arte. Es por eso que no lo maté cuando se atrevió a entrar a mi casa". Era la voz cavernosa de Nepemuk Humell. Estaba sentado en su sitial, vestido totalmente de negro, como las veces anteriores. "Ordené ropa y una buena comida para usted, Villarias". "Gracias". De una recamara cercana salieron dos jóvenes. Sus rostros eran una copia animada de ciertos mármoles griegos que inmortalizaron la faz de Pericles o de Alejandro Magno; la palidez, tan extrema como la de Humell.

Ellos extendieron una anticuada túnica roja, con mangas bordadas con hilos de oro, a Carlos. Este palpó la prenda con extrañeza. "Era lo único que teníamos por aquí, pero creo que le sentará mejor que esa ridícula bata de paciente de hospital", le dijo Índiga sonriendo. Carlos tomó la ropa. Miró a todos haciendo gestos de indecisión. "Entiendo. Vaya a aquella, la esquina más sombría. Allí puede desnudarse y luego vestirse", aconsejó el señor Nepemuk y señaló el extremo izquierdo de la sala.

Villarias siguió las indicaciones. Quedó exactamente frente al boquerón oscuro que conducía al sótano. El olor a cadáveres en descomposición era fuerte. La curiosidad fue más grande que el miedo. Tomó una de las velas y alumbró aquella fosa. Vio los primeros escalones. En ellos, desprendida del antebrazo, una mano era pasto de los gusanos. Tuvo mucho miedo, pero también demasiada curiosidad. Tapándose la nariz, aguantando la fetidez, con la vela en la mano, bajó tres peldaños. Observó detenidamente el miembro. Era de un niño o niña a juzgar por el tamaño. Iba a acercarse más a aquel despojo cuando un ruido llamó su atención. Muchas mandíbulas roían algo, muchos dientes afilados cortaban el comestible para que lengua y garganta los ingirieran. Había risas absurdas, como salidas de un retrasado mental, y chillidos semejantes a los de las ratas. Aquel perturbador trajín venía del fondo en tinieblas del sótano. ¿Qué seres monstruosos vivían en aquellas profundidades? ¿Qué entidades luchaban por alimentarse en lo hondo de aquel abismo lleno de cadáveres putrefactos? No se atrevió a formular ninguna conjetura. Algo empezaba a ascender por la escalera. Un cuerpo pesado y maloliente.

Villarias regresó a la superficie. No quiso saber más. Colocó la vela en su lugar, y vistió aquella rara túnica. Sin embargo, su imprudente descenso había despertado a seres aborrecibles. Lo que fuera, hombre, demonio o criatura perversa de la noche, se aproximaba. Carlos miró hacia la escalera. Casi en la salida había un rostro deforme con ojos rojos como tizones. Casi se desmaya del miedo, pero tuvo fuerzas para echar a corres. Llegó sofocado al círculo de vampiros. "¿Qué le pasa? ¿Por qué respira así?", le preguntó Indiga. "Me acordé de mi esposa y me dio mucho miedo. Perdí el control. Eché a correr". Pensó que aquella tonta explicación sería suficiente, pero los ojos de Índiga fulgieron con el fuego del enojo. Con su mano derecha lo agarró del cuello, Villarias intentó liberarse, pero aquellos dedos flacos, sin sangre, tenían una fuerza inusitada. Lo alzaron en el aire, sintió que se asfixiaba. El terror a la muerte paralizaba sus pensamientos. No pudo controlar sus esfínteres y defecó. Las heces cayeron al suelo. Índiga, con un gesto de asco, lo soltó. El hombre cayó al suelo, Imaginó que lo matarían, pero la voz de la vampira volvió a ser tranquila. "Tres cosas. No nos mienta. Nos damos cuenta. La otra. Sólo puede estar donde le indiquemos. En esta casa hay peligros ocultos. Hay criaturas en el sótano peores que cualquier demonio. La última, limpié sus desechos". La mujer suspiró con fastidió y volvió a su sillón. "La escoba, recogedor y trapeador, están junto a la puerta de entrada", le dijo Hummel. Villarias obedeció en silencio. Cuando hubo terminado Nepemuk le indicó que se aproximara a él. El hombre se aproximó. "Ahí hay algo que necesita", le dijo y señaló una pequeña mesa. Sobre ella había un pollo asado, papas, y un vino blanco. "Coma, por favor". "¿Ustedes?", hizo la pregunta por cortesía. Imaginaba la respuesta negativa. "Nos alimentamos de otras cosas, Villarias. Ah, le presento a estos dos jóvenes. El de pelo riso se llama Antoine y el de cabellos largos hasta la cintura es Narváez". Ambos hicieron una elegante reverencia. "Empiece a comer, Carlos, nosotros leeremos un poco de poesía mientras", le dijo Antoine. Estaban sentados en esplendidas sillas de forros dorados y las llamas de los candelabros infundían una apariencia de vida a sus rostros de piel sin sangre. "Hoy traje un libro de Xavier Villaurrutia. Les platico un poco de este autor. Nació en la Ciudad de México, el 27 de marzo de 1903; murió el 25 de diciembre de 1950. Poeta, ensayista, narrador y dramaturgo. Fue director, con Salvador Novo, de Ulises y miembro del grupo de los Contemporáneos". Villarias deglutía la pechuga, de cuando en cuando pizcaba una papa, tomaba un sorbo de vino y seguía con atención la tertulia. "¿Era homosexual Villaurrutia?", preguntó Antoine. "Era humano", dijo con tristeza Índiga.

Se escucharon truenos. Afuera se aproximaba una tormenta. Villarias se sirvió otra copa de vino. La mujer comenzó la lectura del poema "Tinta china". "En esta noche el musgo es terciopelo/y es tan grande el silencio y tan helado/que los búhos su canto han olvidado/y tienen miedo de lanzarse al vuelo". Suaves aplausos celebraron estos versos. La tormenta había estallado. Los goterones golpeaban los cristales cual lágrimas de ultratumba. El frío aumentaba. Villarias comenzó a temblar. Se sirvió más vino tratando de entrar en calor. "Me gusta esa metáfora del musgo como terciopelo, me agrada la alabanza al frío y al silencio, es el tipo de noche que me gusta, el tipo de noche en que salimos de cacería", dijo con dulzura Narváez, se situó detrás de Villarias, puso sus manos en los hombros del corredor de bienes raíces, le acarició la nuca y los cabellos. Carlos tembló al contacto de aquellas manos heladas, mas no se atrevió a contradecir. La conversación había cesado. Sólo se escuchaban las goteras, las filtraciones en el viejo techo, la furia de las tinieblas mordiendo con líquidos colmillos la noche. Se llenaban de fantasmas los sueños de los humanos. Villarias creyó percibir como en las casas vecinas, tanto ancianos como niños, jovencitas y matronas, se revolvían en sus camas. Las entidades infernales rozaban sus sábanas sin que ellos se dieran cuenta. Seguía lloviendo. Por fin se reanudó la conversación. "Narváez, Antoine, está bien que jóvenes como ustedes salgan de cacería, pero de seguro permitirán que un anciano como yo se alimente sentado en su sillón. ¿Verdad, chicos?", interrogó Nepemuk Humell. Índiga y los mozos asintieron. Carlos no sabía qué hacer. Imaginaba que clase de desayuno sería aquel. Eran las cinco de la madrugada cuando Narváez retiró sus dedos de la cabeza humana y el corredor de bienes raíces sintió cierto alivio.

Un trueno ensordecedor cimbró la casa desde sus cimientos hasta los pináculos de sus torres. Luego decreció la intensidad de la lluvia. Humell extendió una de sus manos hacia la lejana puerta. Esta se abrió. El viento metía agua y frío al salón. "Pase, Olegario. Póngame la comida frente a mí". El empleado de los servicios de recolección de basura entró llevando sobre sus hombros un costal. Adentro algo vivo se retorcía. Lo depositó a los pies de Hummel. Villarias miraba el bulto con horror.

Olegario se retiró después de recibir su pago en oro. "Carlos, debería ser un poco más condescendiente conmigo. Después de todo lo he tratado con una cortesía que jamás ha recibido en su propia casa", le reprochó Hummell. El aguacero menguaba. Ahora sólo era audible un vago goteo. "¿Por qué tanta repugnancia a que yo mate niños, Carlos, si usted desea lo mismo? Detesta los gritos de su nieta, la pestilencia de sus frecuentes diarreas, la nariz llena de mocos, su nula educación formal y falta de respeto. Usted simplemente no se atreve a hacer lo que yo sí". Villarias estaba atónito. "¿Cómo sabe que tengo una nieta?" "¿Cómo? Eso no tiene importancia. Voy a comer". "Le leeré algo mientras. ¿Qué desea? Traigo aquí libros de José Lezama Lima, Julián del Casal, Jorge Luis Borges...", dijo Antoine con tono muy respetuoso. "Ese gran habanero, Julián del Casal. Era muy pesimista, eso me agradaba de él", contestó Hummell. Sus manos, pálidas, desataron el costal. El llanto brotó mucho antes que la cabecita de negro pelo lacio. Las garras de Nepemuk lo sacaron. Estaba desnudo, debía de tener unos tres años. El vampiro lo mantuvo en vilo unos segundos. Los ojos de la criatura se fijaron en Carlos Villarias, acaso el único que no le infundía pavor. Extendió sus manitas hacia el corredor de bienes raíces como buscando socorro. En ese momento el hombre deseó nunca haber nacido. Él, que se orinaba en los pantalones de terror hacia la esposa, era el único que podría salvar al bebé. Nunca se atrevería a desafiar a aquellos monstruos. Ni había tiempo ya. Nepemuk, al tiempo que soltaba una carcajada malévola, hundió sus filosos dedos en ambos ojos de la víctima. Los chillidos de dolor del niño retumbaron en toda la casa. Villarias recordó cierta escena de su infancia, horripilante. Su padre quería comprar carne de puerco lo más fresca posible. Decidió ir al matadero. Pero la madre no estaba. ¿Quién cuidaría al niño de cinco años? El señor Francisco no encontró mejor opción que llevar a su hijo consigo. Desde que entraron el niño comprendió que aquel era un lugar infernal. Los animales, por intuición, o acaso por una dosis de inteligencia que ignoramos en ellos, lloraban y gruñían con enorme miedo y tristeza en el corral. En pocos minutos el cuchillo del carnicero les partiría el corazón.

Desde aquel momento el pecho de Carlos había quedado hecho pedazos. Había conocido la vida real. Estaba tan triste como en aquellas horas. Nepemuk aplicó su boca de finos labios al ojo izquierdo y succionó la sangre y los sesos. Narváez recitaba versos de Julián del Casal. "Mi juventud, herida ya de muerte/Empieza a agonizar entre mis brazos, en su semblante cadavérico..." La voz del joven, grave y acariciadora a la vez, tenía un exótico encanto que hizo que Carlos olvidara a los cerdos moribundos. El niño cada vez se agitaba menos. Cuando ya no tenía sangre ni masa encefálica dentro del cráneo, Humell mordió su cuello y empezó a extraer lo que quedaba en las venas y arterias. Índiga y Antoine miraban el espectáculo arrobados, al igual que aquellos que se postran ante una música sagrada. Narváez siguió recitando la obra de Julián del Casal. "De sus pupilas el fulgor opaco/Mi espíritu, voluble y enfermizo/Lleno de la nostalgia del pasado/Ora ansía el rumor de las batallas/Ora la paz de silencioso claustro..." Y calma fue lo que advino. El cuerpo inerte del infante fue depositado en el suelo. Hummell dijo que deseaba dormir.

Decenas de arañas brotaron de las esquinas y comenzaron a tejer sobre el cuerpo del anciano. El trino de los pájaros anunciaba la inminente llegada del día. Narváez todavía alcanzó a decir algunos versos. "Hasta que pueda despojarse un día/Como un mendigo del postrer andrajo/Del pesar que dejaron en su seno/Los difuntos ensueños abortados". Detuvo la lectura. Puso el libro a un lado. Él, Antoine e Indiga tomaron el cuerpo de Nepemuk. Subieron las escaleras, entraron a la habitación del anciano, lo colocaron dentro de un ataúd, pusieron la tapa y se fueron. En sus cuartos los esperaba una cama semejante. Volvían a la muerte mientras el mundo banal de las bromas y los amores ridículos de los seres humanos crecía en las calles. Hombres y mujeres discutían y se peleaban por problemas nimios y hechos intrascendentes. Ignoraban que la eternidad estaba llena de monstruos y que estos vivían cerca. Tan sólo los había nulificado la luz del día, pero en doce horas ellos volverían a su vida tenebrosa. La noche nuevamente les ofertaría sangre fresca. Pero ahora estaban inmóviles, también la casa, que parecía más fantasmal que nunca.

Villarias quiso marcharse de aquel lugar, pero tenía mucho sueño. La hora, siete de la mañana, albergaba un gran frío. Deseó que las arañas también hubiesen tejido una mortaja sobre él. Tomó el mantel de la mesa donde había comido, se fue a un rincón, se tapó y durmió plácidamente. Despertó a las dos de la tarde. El sol se filtraba por las rajaduras del techo. Tenía mucho calor. Salió a la calle. Todos lo miraban con extrañeza. Se percató que iba descalzo y con la túnica roja que le habían regalado los vampiros. Su mente estaba muy confusa. ¿Qué haría? No podía pasar el día vagando con aquella extraña ropa. Pensó en ir a su casa y tomar sus pertenencias. Ya había visto tantas cosas extrañas y tenebrosas, que Gelasia no le pareció tan terrible. Calculó que caminando llegaría en una hora. El cemento de las aceras y el asfalto casi le quemaban los pies. A veces tenía que refugiarse sobre suelo húmedo, en algún parque.

<h1 style="text-align:center">III</h1>

La tarde declinó hacia la noche. Las velas se prendieron solas. Dentro de su ataúd el señor Humell abrió los ojos. La hora en que los no-muertos pueden regresar al mundo empezaba nuevamente. Escuchó como la casa hablaba a través de la dilatación y contracción de sus vigas de madera, de la conversación de las arañas inmersas en sus telares, del agua moviéndose en profundidades ignotas; aquello era todo un alfabeto que los humanos no pueden captar, pero sí los vampiros. Los gouls en el sótano roían huesos secos y sin carne. Hubiera deseado que continuaran siendo sólo tres (los necrófagos pueden ser muy peligrosos), pero al parecer, cuatro más de aquellos seres repugnante intentaban penetrar a la habitación del último piso. ¿De dónde habían venido?, se preguntaba Nepemuk. No lo sabía. Nunca se dio cuenta de la llegada de los gouls. Una noche los escuchó en el sótano. Se atrevió a bajar. Distinguió sus siluetas monstruosas. No tuvo dudas, eran necrófagos. De ellos sabía que eran vampiros en el último estadio de degradación. Los gouls perdían la inteligencia, su cerebro se atrofiaba, olvidaban hablar, dejaban de beber sangre, los invadía un deseo implacable de comer cadáveres. Aparecían de pronto. Nadie los veía llegar nunca. Algunos vampiros conjeturaban que los necrófagos viajaban por túneles subterráneos que sólo ellos conocían, pero no estaba comprobado, pues a veces no surgían en los sótanos, sino en torres o en pisos elevados, como ahora, que acababan de instalarse en una de las habitaciones de la planta alta.

Nepemuk Humell tuvo miedo. Sabía que si no encontraban cadáveres, podían devorar a los vampiros o a cualquiera que estuviera cerca. ¿Cómo conseguir más víctimas? Si no les surtía de suficiente carne muerta, ellos saldrían a devorar a quien encontraran. En efecto, a Humell, a sus discípulos Narváez, Índiga y Antoine. ¿Cómo se mata a un goul? Nadie lo sabía. Con ellos no funciona la famosa estaca clavada en el corazón, pues los gouls no tienen este órgano. A lo sumo podrían huir. Esta idea no le agradó nada a Humell. Llevaba ciento cincuenta años viviendo en aquella casa en ruinas, ya se había acostumbrado, ya la consideraba su hogar. No quería irse de allí. Amaba las veladas de poesía y sangre. Le faltaban muchos autores que leer en compañía de Narváez, Índiga y Antoine. ¿Le compraría más niños al de la basura para tener suficientes cadáveres con que alimentar a los nuevos inquilinos? Esa era la solución-. En la mañana le ofrecería más dinero. Que trajera por lo menos tres niños por día. Tal vez con eso podría aplacar a los gouls.

Metió la mano en los anaqueles en busca del libro que leerían aquella noche. Como un sonámbulo, el volumen salió de su mortaja de polvo y años.

IV

Se daba cuenta de que la vida no era como siempre la había imaginado. Que había muchas cosas más allá de que un hombre se case, engendre hijos, trabaje y mantenga a la familia. Eso era algo así como "esclavitud". Sin embargo, no estaba seguro si aquellas sombras feroces que se estaban convirtiendo en sus amigos eran lo mejor. Asesinaban sin compasión. ¿Y él? ¿Asesinaría? Reconoció que por lo menos una vez al día de cada día, de todos los meses, de todos los años, había pensado en matar a su esposa. Había, también, espiado de cuando en cuando las nalgas de su hija. En cuanto a la nieta, siempre tenía deseos de estrangularla. Sin embargo, la costumbre de agachar la cabeza y caminar y caminar en busca de casas susceptibles de ser compradas era algo que se había hecho muy familiar para él, prácticamente no podía concebir la vida sin la obediencia a Gelasia y a sus jefes de Invercasa. No, no podía... Pero lo había hecho. Más bien, lo obligaron a vivir más de setenta y dos horas sin obedecer a Gelasia. Se sintió confundido, la idea de que podía haber otras formas de existir que no fueran la familia lo perturbaba a la vez que lo despertaba a nuevas posibilidades.

Por fin estuvo frente al edificio. El viejo Casimiro, de ochenta años, que dedicaba los últimos días de su vida a molestar a palomas o lagartijas con escupitajos y bastonazos, dejó su consuetudinaria actividad, para fijar los ojos en aquel ser tan extraño. "¿Es usted Carlos Villarias? ¿Mi vecino? ¿No se había suicidado?" Carlos no respondió. Abrió la puerta que daba a la calle y subió a su apartamento. Dentro del mismo estaban sentados Gelasia, Conchita, Vanesa, el oficial Ramón Duarte y otro policía en cuya placa decía Alberto López. Todos miraron con estupefacción a Villarias y su exótica ropa. "Pero... señora Gelasia. Usted me estaba diciendo que el señor Villarias se había suicidado y que no podían encontrar el cadáver". Gelasia miró con furia a su marido. "¡Me haces quedar mal ante la Policía! ¿Dónde rayos estabas metido, desgraciado? ¿Y esa ropa? Parece de señora. ¿No me digas que ahora te metiste a transexual?" Villarias, después de muchos años de bajar la cabeza, se atrevió a mirar directamente a los ojos a la furibunda mujer. "Vine a buscar mi ropa, mis pertenencias. Me largo para siempre". Gelasia, que nunca se había visto confrontada por el marido, empezó a tartamudear. "Está en todo su derecho de irse, Sr. Villarias, pero primero explíqueme esto del supuesto suicidio. Tanto su esposa como su hija aseguran que usted se lanzó por la ventana. Hay también dos testigos externos, el Sr. Casimiro y su nieto. Dígame... ¿Cómo es que se lanzó desde un tercer piso y no tiene un solo rasguño?" "Me fui por la puerta, bajé por la escalera. Mi esposa miente, es su costumbre. En cuanto al Sr. Casimiro, tiene ochenta años, su vista es muy mala". "Pero su nieto,

Ernesto, tiene quince años, también asegura que lo vio caer, no creo que alguien tan joven vea mal". "Mienten", dijo Villarias. Duarte lo miró fijamente, tardó unos segundos en hablar. "Hay cosas que no encajan bien, Carlos. Cuatro testigos aseguran que usted se suicidó, luego usted reaparece vivo, vestido de una manera muy extraña. Dice que se fue por la puerta, como cualquier hombre... ¿Se acuerda del lugar donde yo me acerqué a ayudarlo?" "Sí, claro". "Pues bien, ayer, muy cerca de allí, encontraron dos cadáveres de niños. Tendrían unos dos años, alguien o algo los había comido en parte y no tenían ni una sola gota de sangre en las venas, según las pruebas periciales. Quizás sólo sean coincidencias, pero son muy raras y giran en torno a usted. En verdad no hay elementos para detenerlo, pero me gustaría pedirle una conversación a solas en mi oficina. ¿Puede?". "Claro que sí, oficial. Déjeme cambiarme de ropa y recoger mis pertenencias primero". "Por supuesto", dijo Duarte. Villarias se dirigió a su cuarto. "Hijo de perra, seguro andabas con putas", le susurró Gelasia al oído. El hombre sintió una gran pesadumbre. ¿Por qué pensaban eso de él? Nunca en su vida le había pagado a sexoservidoras. Entró a la habitación y cerró la puerta tras de sí.

Adentro del cuarto se sentó en la cama y empezó a sollozar. Se quitó aquella extraña bata. Afuera empezaba a oscurecer. La noche se aproximaba con todos sus colmillos. Se puso en pie, fue hasta el armario. Buscaba una maleta. Entonces escuchó que, desde afuera, golpeaban ligeramente el cristal de la ventana. Se aproximó. Era un ave nocturna. Tenía grandes ojos ígneos, pico afilado, feroz y grandes alas negras. Villarias recordó imágenes de lechuzas y búhos. No se trataba de ninguno de ellos. Por otra parte, aunque la cabeza tenía plumas, las alas eran membranosas como las de los murciélagos. ¿Qué querría aquel ser? Con el pico golpeó otra vez el cristal de la ventana, luego habló. Era la voz de Índiga: "Invítanos a entrar y te salvaremos". Villarias la contempló en silencio. ¿Salvarlo? No veía ninguna alternativa a su vida. Permanecer en su casa era un verdadero tormento, los insultos y humillaciones; ir con los policías no podría evitarlo. En sus declaraciones, como hombre torpe que era, caería en lagunas ilógicas, aumentarían las sospechas sobre él y terminaría en la cárcel. No tenía ni que preguntárselo, una semana de ausencia del trabajo lo habían convertido seguramente en un desempleado. En caso de salir absuelto de un proceso legal, tendría que vagar por las calles pidiendo limosna y dormir en los parques. Nadie le da trabajo a un hombre de cincuenta y tres años en México y Gelasia no le permitiría vivir en el apartamento sin dar dinero. ¿Cuál era la otra alternativa? Tal vez Nepemuk Hummell le permitiría morar en aquella guarida de vampiros y lo alimentaría. En las noches los escucharía leer bellos poemas y vería como mataban y devoraban niños. Los niños... Alguna vez soñó con ser amado por su hija o por su nieta. No ocurrió.

Escuchó que tocaban a la puerta. Era Gelasia. "¡Sal ya monstruo! ¡Haz condenado a tu familia a la miseria! ¡Sólo nos diste esta pocilga de departamento de ayuda social! Al menos si te meten en la cárcel, Conchita y yo y la niña podríamos dormir en un solo cuarto y el matrimonial rentarlo". Sí, él con lo que ahorró a través del fondo de trabajadores Infonavit y con una ayuda del gobierno, doce años atrás había comprado aquella casita. Pensó que sería bueno para la familia tener una vivienda propia y no pasarla siempre en lugares de alquiler. Quizás les traería la felicidad a todos, pero no... Aquel pequeño espacio, aunque propio, era el sitio donde más infeliz había sido.

El ave nocturna volvió a picotear la ventana. Villarías abrió. "Sólo tienes que ir a la sala, cuando oigas que tocamos a la puerta dices: pasen, están invitados. Recuerda, si no nos invitas explícitamente, nunca podríamos entrar". Del pico afilado de Índiga salía un fuerte hedor a cadáver en descomposición. Carlos asintió, cerró la ventana, llenó una maleta con algo de ropa y salió del cuarto.

Allí, en la sala, sentados, expectantes, como si ya anticiparan un proceso legal contra Carlos Villarias, estaban los agentes Duarte y López. También Gelasia, Conchita y Vanessa. "¿Nos vamos ya?", preguntó Duarte. "Concédame un minuto. Quiero decir algo antes de que me lleven". "Adelante", dijo Duarte. "Mi único delito es ser un hombre pobre que creyó en el amor. Hubiera querido ingresar a la universidad y estudiar literatura. Amo la poesía". Gelasia hizo un gesto de desprecio. Villarias continuó. "Pero sólo pude estudiar hasta el nivel de bachillerato. El dinero de mis padres no alcanzó para más. Me puse a trabajar en una fábrica de automóviles. Allí conocí a Gelasia, que se ocupaba de la limpieza. La amé y me casé con ella. Nació Conchita y luego mi nieta Vanessa. Nunca pude darles muchas comodidades, no se puede tener un buen trabajo sólo con estudios de Preparatoria. Nunca hubo mucho dinero, yo soy torpe, no sé robar, tampoco hacer actos corruptos. Muchos que no estudiaron sí tienen mucho dinero, se meten a algún partido político, aprenden a robar, a corromper, incluso, a matar. Mi único delito, señores, es haber sido un hombre pobre, honesto y torpe para robar, que hace muchos años amó a su mujer". En ese momento tocaron a la puerta. "Permítanme", dijo Carlos y avanzó hacia el cerrojo. Gelasia, por primera vez en muchos años, bajó la cabeza para ocultar una lágrima. Conchita y Vanessa estaban serias y tristes. Duarte estaba a punto de decir que daba el asunto por terminado y le deseaba paz a toda la familia, pero ya el padre había abierto y decía en voz clara y alta: "Amigos, están invitados a pasar a mi casa". Todos miraron hacia el umbral y vieron a cuatro extraños seres. Un anciano vestido de negro, al estilo de siglos pasados; una anciana de dientes puntiagudos que sobresalían de sus delgados labios y dos jóvenes de belleza casi perfecta y palidez como la de los blancos mármoles de Grecia. Duarte y López se pusieron en pie. Olían el peligro. "¿Quiénes chingaos son ustedes?" Hummell se adelantó. "Qué mal educado", murmuró y con un rápido movimientos sus dedos de largas uñas negras atravesaron la garganta del policía y lo mataron. Su colega disparó, pero ninguna bala le hizo daño al vampiro. Índiga tomó la pistola y la arrojó al suelo.

Su boca, no adherida a ninguna ley natural, se abrió de tal manera que pudo abarcar todo el cráneo de López. De una sola mordida le arrancó la mitad del cerebro. En sus dientes y muelas viejas los fragmentos de sesos y huesos se mezclaban. El chorro de sangre que salía de la media testa del policía bañó de rojo la sala.

Gelasia, Conchita y Vanessa gritaban enloquecidas. Corrieron hacia Carlos, se abrazaron a él, como si buscaran su protección. Los vampiros jóvenes primero arrancaron a Gelasia, con un golpe maestro le torcieron la nuca, le rompieron las vértebras y la arrojaron al suelo. "Demasiado vieja y amargada, su sangre ha de saber a agua de alcantarilla", le comentó Antoine a Narváez. Éste se apoderaba de Conchita. Ella se asía al torso del padre, pero Narváez la atrajo con fuerza y le destrozó las venas y arterias del cuello a destelladas. Succionó con fuerza. Antoine había mordido las ingles de la joven y allí tragaba sangre, carne e intestinos. Villarias estaba paralizado. Ni siquiera acertaba a pensar algo. Todo el mundo, el universo, se había convertido en un diluvio rojo. No había un arca para salvar su cordura. "Tráiganme a la niña, se ve tierna", pídió Nepemuk Hummell. Narváez y Antoine tiraron el cadáver de Conchita. Arrastraron a Vanessa hasta el anciano. Este primero le arrancó la piel de sus pequeños dedos y los chupó en carne viva. Luego la desnudó y mordió sus muslos y vientre, comiendo y chupando hasta que la criatura expiró.

Villarias estaba pálido como un gusano. Cayó al suelo. Tomó una de las manos de Gelasia. En el dedo anular todavía estaba el anillo de compromiso que él le regalara tantos años atrás. El hombre besó la mano muerta y comenzó a llorar profusamente. "No queremos que esta sea una velada sin poesía", dijo muy sería Índiga. "Claro, ¿qué desearía escuchar, señor Hummell?", preguntó Narváez. "Testamento, del poeta cubano Eliseo Diego". "Muy bien, lo sé de memoria", dijo Índiga y comenzó a recitar: "Habiendo llegado al tiempo en que/la penumbra ya no me consuela más/y me apocan los presagios pequeños; habiendo llegado a este tiempo; y como las heces del café/abren de pronto ahora para mí sus redondas bocas amargas; habiendo llegado a este tiempo; y perdida ya toda esperanza de/algún merecido ascenso, de ver el manar sereno de la sombra; y no poseyendo más que este tiempo; no poseyendo más, en fin, que mi memoria de las noches y su vibrante delicadeza enorme; no poseyendo más entre cielo y tierra que mi memoria, que este tiempo; decido hacer mi testamento. Es este: les dejo el tiempo, todo el tiempo". "Grandioso", exclamó Hummell y aplaudió. Los otros vampiros lo imitaron. Mientras chocaban sus manos se iban diluyendo, perdiendo forma, hasta que en la pequeña sala sólo quedó un bulto llorando: Carlos Villarias abrazado al cadáver de Gelasia.

V

Descifrar una palabra, una frase, traducirla a sonidos entendibles, es como plasmar por unos instantes lo infinito y amorfo. Quien ama la poesía, a veces escapa de la tragedia de vivir, aunque sea por unos breves minutos. Eso animaba a Hummell. Nunca abandonaría su círculo poético con sus amigos. Pensó que Villarias sería parte de ese proyecto sobrenatural que unía sangre, crimen y letras. Ahora, el hombre sólo era un testigo incómodo de un asesinato y del lugar donde por décadas se guarecieron tranquilamente los vampiros. Los delataría, pues no hacía más que llorar por la muerte de su esposa, hija y nieta. Había despreciado la puerta que él le había abierto. El fin y al cabo, sólo un superhombre podría haber sacado felicidad del asesinato. Villarias no lo era. No podría ser dios por unos momentos, como escribió Holderlin. Allí lo tenían, maniatado en el centro del salón. "¿Le succionaremos la sangre?" "Sí. Y cuando esté muerto lo echaremos a los necrófagos que están en el cuarto de arriba", respondió Hummell. El hombre, aunque amordazado fuertemente, gritaba tanto que algo de ruido lograba traspasar la gruesa tela. Hummell se levantó y su gran capa llenó de sombras y noches al cuerpo del corredor de bienes raíces. Inclinado sobre Carlos, mordió con habilidad la yugular. En dos minutos el hombre estaba muerto. "Echen el cadáver a los necrófagos. Traten de que no los atrapen a ustedes. Cumplida la tarea, cierren rápido la puerta con el candado", les indicó. Índiga, Antoine y Narváez tomaron el cadáver de Villarias y empezaron a subir la escalera. Transitaban entre las antiguas manchas de humedad y los hongos crecidos para adorar la infamia.

La mirada de Nepemuk se perdió en las sombras. No sabía si aquella era la solución para contener a los gouls. Lo sobresaltó un grito y luego un fuerte portazo. Índiga y Narváez bajaron corriendo. "Atraparon a Antoine. Ahora lo deben de estar devorando. No les bastó con el cadáver de Villarias.

¡Vámonos, huir es la única solución!" "Huyan ustedes. Yo no podría abandonar mi biblioteca. Más de cinco mil libros que contienen toda la poesía del mundo. O al menos, la mayor parte de ella. No podría llevarla conmigo. Vivir sin las líneas que uno ha amado, no tiene sentido". Los vampiros insistieron todavía un poco para llevárselo, pero él se resistió. Se fueron en aquella madrugada. Habían vivido en aquella casa doscientos años. Tendrían que buscar una nueva madriguera antes de que el sol despuntara.

Nepemuk Hummel, en medio de la penumbra, con los reflejos naranjas y rojos de las llamas danzando en su pálido rostro, alargó su mano y tomó el libro de aquella noche. Das Buch von der Pilgerschaft, de Rainer María Rilke. Ich war ein Haus nach einem Brand, leyó Nepemuk, como si recitara el más sagrado de los salmos. Yo era una casa después del incendio. Una casa destruida, pensó Hummel, pero le hubiera gustado que el poeta usara una tormenta de nieve más que el fuego. Él se sentía deshabitado, sin nada por lo cual luchar, pero su alma desierta se parecía más a los estragos del invierno que a los de una hoguera. Volvió a leer. Ich bin zurück geblieben wie ein Greis, der seinen großen Sohn nichtmehr versteht. Un viejo al que el hijo no comprende. Pero él, Hummel, nunca tuvo hijos. Aun así, se sentía incomprendido por todos. Qué mejor que morir. Sólo un necrófago podía dar muerte a un vampiro.

Escuchó como sus formas hambrientas subían por la escalera del sótano; otras, bajaban de la habitación de arriba. Ningún cerrojo pudo detenerlos. Los candelabros seguían ardiendo. A pesar del fuego, el frío aumentaba en el salón. Una gran fetidez invadió todo. Allá, en la zona en que la luz se unía a las tinieblas, un límite impreciso, estaban los gouls. Sus cuerpos, semejante a un humano descuartizado, al que faltaban los brazos o acaso una pierna, se movían hacia Hummell. Emitían un torpe rugido, nacido de un cráneo donde ya no había cerebro. Nepemuk recitó por última vez. Willkommen dann, o Stille der Schattenwelt! Zufrieden bin ich, wenn auch mein Saitenspiel. Mich nicht hinab geleitet; Einmal Lebt ich, wie Götter, und mehr bedarfs nicht. Vivir como un dios, mi poeta preferido, Holderlin, murmuró el vampiro mientras contemplaba a los necrófagos, ya muy cerca de él.

REGRESO AL CASTILLO DE DRÁCULA

La luz de la luna se esparcía por ambos promontorios rocosos. Brillaba la nieve adherida a los salientes y a las raquíticas plantas que crecían desde la piedra. Se adivinaban cavernas que salían a la nada. Allá arriba, corona de sombras, el bosque se alzaba. Abajo transcurría el accidentado camino, el temido Paso del Borgo, que el cochero no quiso atravesar. Había intentado pagarle más Jonathan Harker para que lo llevara hasta el castillo del Conde Drácula. El hombre se negó rotundamente.

—Ahí no vive nadie. Al menos nadie humano. Hace siglos que el castillo fue abandonado. Encontrará lobos o fantasmas o demonios —arguyó el rudo campesino.

Su voz se mezclaba con el viento cargado de aguanieve y su silbido espantoso al entrar y salir de las cuevas y medir con pánico el contorno de los árboles. El viento, el frío y el desamparo son la misma cosa.

—Al igual que tenemos asignado un ángel de la guarda, también tenemos un demonio. Quizás me pueda encontrar con mi propio demonio y hablarle cara a cara —se burló Harker.

—Usted no conoce la esencia del mal. Pronto la conocerá. No crea mis palabras, alguien terrible lo hará entrar en razón.

Fue lo último que dijo el cochero. Maldijo en algún dialecto local, fustigó a los caballos y dio vuelta hacia la aldea. Allí quedaba la nieve, la soledad y Jonathan Harker dispuesto a llegar al castillo para hacer el trato comercial con el conde.

El corredor de bienes raíces empezó a caminar hacia lo profundo de los montes Cárpatos. El suelo era pedregoso, cubierto por una considerable capa de nieve. A ambos lados seguían levantándose las moles de piedra y los gigantescos árboles, cuyas ramas cargadas de hielo denotaban vejez y ruina secular. Cada objeto, cada rama retorcida, mostraba unos ángulos brillantes que sólo la demencia podía concebir. Esto era el mundo de siempre y a la vez uno diferente, detenido en el tiempo, en el extraño rumor de las cortezas. Los abedules, las hayas, los robles, los densos pinares, vibraban al son de la incipiente tempestad. Sus pies se hundían en la nieve y era penoso avanzar. Sintió que sus miembros se congelarían a pesar de que llevaba un grueso abrigo de piel de oso, botas, bufandas y gorro. Temió morir. Míster Renfield le había dicho que el conde enviaría un carruaje al Paso del Borgo para recogerlo. Empezó a creer que su jefe le había mentido. Tronó y pudo ver los lejanos picos y sobre ellos la sombra de un castillo. Muy lejos. Si aquello era la mansión de Drácula, jamás llegaría. Volvió a tronar, el relámpago mostró ahora, claramente, las torres de la fortaleza, erguidas como las zarpas infernales de un demonio. Aquellas atalayas parecían crecer en un perenne desafío a los cielos. Un manto de soledad y maldición cubría los territorios nevados.

Pensó que su vida estaba terminada. Dio varios pasos inseguros. Cayó en la nieve. Ya la capa era muy gruesa. Tuvo que esforzarse mucho para ponerse en pie. Caminó hacia adelante, el viento, cargado de hielo y malignas voces, le golpeaba la cara, sacudía su cuerpo y le infundía pánico. Volvió a caer, las ráfagas, el aullido de los lobos, aumentaban. Ya no logró incorporarse. Se arrastró. Casi no podía mover sus miembros. Llegó a creer que el cochero tenía razón, no existía nadie llamado conde Drácula. Vlad Tepes no era más que una leyenda. Renfield lo mandó a trabajar en el campo de la nada y el vacío. Alzó la cabeza desesperado. Fue entonces que vio una forma oscura unos tres metros más adelante. Era un carruaje. Sí, el aristócrata de los Cárpatos había venido por él. Esto le dio fuerzas para pararse y llegar al vehículo. El desencanto fue grande. Las ruedas estaban hundidas en la nieve y de los caballos sólo quedaba los esqueletos cubiertos de pedazos resecos de piel. Tuvo la idea de refugiarse adentro del coche. Abrió la puerta y se sentó sobre un asiento roto y cubierto de hojarasca. Cerró las ventanas lo mejor que pudo con los restos de las cortinas. Se acurrucó en espera de la muerte. La luna se había ocultado y el mundo se reducía al frío, a las tinieblas y al salvaje rugido de la tormenta azotando árboles y rocas. Se durmió sin esperar una nueva mañana, ni un nuevo día. El destino, pensó, ya no tenía ninguna senda para él en el mundo de los vivos. En aquella carroza abandonada comenzaba su abismo.

Despertó. Era una mañana neblinosa donde el sol apenas se insinuaba sobre las altas montañas de los Cárpatos. Salió del carruaje. Vio, en uno de los picos más cercanos, el imponente castillo gris. Pensó en regresar, probablemente allí no vivía nadie. Se moriría de hambre en ese lugar poblado tan por sombras. Atisbó hacia abajo. Un valle brumoso y profundo era la única vía de retorno. Desde aquellas forestas brotó el aullido de una manada de lobos. Podía morir desgarrado por aquellas bestias. Volvió a mirar hacia el castillo. El sol, ahora más fuerte, ponía de relieve un aura de tristeza y decadencia en las solitarias torres. Extrañas aves negras volaban sobre los arruinados techos. ¿Estaría allí el conde? Imposible saberlo. Al menos la áspera fortaleza parecía ser el único refugio posible contra las nevadas. Ahora habían cesado de caer los copos, pero el inmenso frío era la señal de que las tormentas eran muy frecuentes.

Tenía mucha sed. Comió nieve. ¿Pero el hambre? Lo acuciaba como un depredador implacable. Continuó hacia la decadente mansión. El bosque disminuía a su lado izquierdo. Se ausentaron los árboles, el sendero trepaba ahora sobre un brusco acantilado, un despeñadero en cuyo fondo tronaba un río de montaña. Sólo mirar causaba vértigo. La llamada del abismo es la más poderosa en el corazón de los hombres. Se tendió de bruces para observar con atención. El agua fría arrastraba bultos deformes. Eran cuerpos humanos resecos. Momias con el pellejo pegado a los huesos y en los rostros la máscara de agonía de los últimos instantes. Las pieles que, al parecer, por muchos años habían estado acartonadas, al contacto de la corriente adquirían la textura de repugnantes batracios. Cuerpos sacados de algún infierno. Eran muchos. Conjeturó que el río en sus pasos subterráneos atravesaba algún arcaico cementerio, donde una raza de semihumanos enterró a sus deudos.

Seguía como hipnotizado el curso de aquellos cuerpos, cuando escuchó aullidos de lobos. Al parecer la manada subía desde el valle. Se puso en pie y anduvo rápido hacia el castillo. El camino ascendía abruptamente. Varias veces resbaló en piedras y restos de nieve. Escuchaba a las bestias tras él.

Miró el castillo. Debía ser su meta. No cejar hasta alcanzarlo. Tal vez allí, se dijo, estaba su salvación.

Empezó a llover suavemente. El hechizo del castillo a través de la lluvia, de la humedad matinal, daba la sensación de que el aire estuviera lleno de seres ignotos. Desde la posición en que se encontraba Harker, aquella fortaleza parecía flotar en un mar abstracto, pero también concebir esa idea estaba conectado con el cuadro de Turner que había visto un mes atrás en Londres. El pintor había logrado que sus colores, un día lluvioso sobre el mar, estuvieran llenos de presencias intangibles. Jonathan las trasladaba a su situación actual. Intentaba disfrutar el misterio de aquella nublada mañana, en que respirar tal frío equivalía a conocer el sabor del agua, su mezcla con olores, con la tierra, con las rocas milenarias e inconmovibles.

Fue una imagen poética, casi estaba entusiasmado. ¿Sería buena la aventura que estaba por correr?

Llegó al alto muro frontal. Se elevaba hacia el cielo plomizo como el eterno gemido de un moribundo. Aquí y acullá había piedras zafadas, restos de nieve y escarcha en la hirsuta e irregular superficie, grietas donde crecían hiedras, hierbas, arbustos, plantas parasitas de violáceas hojas. Sus espinas resistían cualquier invierno, cual una eternidad inmune al paso de las horas. Sus ramas torcidas semejaban manos de cadáveres. Nidos de pájaros, cuyo canto destemplado anunciaba la enfermedad y la tristeza, medraban en las rajaduras de la muralla que antaño, quizás, detuvo a las hordas de invasores turcos.

Bordeó la descomunal pared hasta llegar a una puerta amplia. Las jambas de piedras toscas ya no contenían la antigua, ancha, fuerte, tachonada de recios clavos de hierro, puerta, barrera, que resguardó a aquel linaje de boyardos. Unos leños quemados a medias, rotos, cubiertos de nieve, era lo que quedaba. Desde hacía siglos nadie daba mantenimiento a tan impresionante fábrica medieval. Hubiera podido traspasar aquel umbral sin problema alguno, pero aún flotaba en el sitio un aura, una vibración del antiguo respeto que infundieron los príncipes de Valaquia. Implacable llamado a la sumisión, que llevó a Jonathan Harker a quedarse afuera y gritar:

— ¡Señor conde! ¡Conde Drácula! ¡Soy Jonathan Harker! ¡Vengo de Londres con todos los documentos que usted necesita firmar para adquirir una propiedad allí!

El eco retumbó en la muralla, en los acantilados, insistiendo como la respuesta dada por un muerto hace años: esas cartas que el correo olvida y son entregadas dos o tres décadas después de ser escritas. El mensaje llega frío, hace temblar dientes y piernas... El hombre, Jonathan, vaciló aterido frente a la puerta, llamó y llamó, pero las piedras siguieron repitiendo las palabras. No había nada ni nadie que le diera la bienvenida. Entró al patio del castillo. Los restos de la nevada cubrían parcialmente el abandono. El hielo estaba sobre viejas espadas enmohecidas, esqueletos de caballos, huesos de guerreros, ballestas inútiles, una carreta, barriles sin fondo y la casa señorial, una vetusta construcción que se elevaba por lo menos treinta metros y terminaba en almenas. Tenía pequeñas ventanas y estrechos huecos por donde disparar. Fue hecha para detener invasiones bulliciosas, pero no el silencioso avance de los soldados del tiempo. Caminó Harker hacia la puerta, el aullido de los lobos disminuía, el graznido de los pájaros era muy suave, el viento ya no batía los infinitos pinares. El más ligero ruido moría sin dolor.

Apartó los podridos leños y tablas. Clavos grandes y herrumbrosos cayeron al suelo. Entró. Era aventurarse en el reino de lo ignoto. Recordó a Eneas cuando hizo los cruentos sacrificios para penetrar al infierno y saber cosas que ningún mortal sabía. Pero al guerrero troyano lo guiaba una bruja. La sibila era vieja y horrenda, pero preferible esa compañía a ninguna. En cambio, él iba solo al insondable mundo de un aristócrata de la Edad Media con fama de demoniaco. ¿Y qué? ¿Qué cosa es el demonio? Algo indefinible que nos habita. Una oscuridad en el fondo de nuestro ser que constantemente pugna por salir.

— ¡Drácula! ¡Señor conde, vengo a negociar con usted las propiedades en Londres! —volvió a gritar.

Pero su voz se perdió en la enorme estancia donde la penumbra delineaba decenas de muebles viejos, cubiertos de densas telarañas y polvo de otras vidas y otras voces. Cada pisada sacaba de su letargo los diálogos de cientos de años atrás, que estallaban pausadamente en forma de insectos corriendo despavoridos o de murciélagos despertando de sus sueños. Aleteaban en el gran salón, rompían las leves sombras de columnas altísimas, cuyos capiteles se perdían en la oscuridad. Era imposible ver cómo era el techo. Sin embargo, allí hacia menos frío que en el bosque. Jonathan Harker sintió que este lugar lo podría salvar de la muerte.

Avanzó tropezando con muebles, viejas espadas y copas arcaicas, hasta llegar a una larga mesa señorial, cuyas patas estaban talladas en forma de dragones. El polvo y las telarañas cubrían, como una gruesa mortaja, lo que antaño fue un rico y lujoso mantel comprado en Bagdad. Jonathan esperaba encontrar algo de comer aquí, pero después de mucho remover la basura, sólo halló una botella de vino. Empezó a tener mucho miedo. El único que lo podría alimentar y proteger en medio de aquella estancia instalada fuera de los calendarios, ajena al fluir de los días, era Drácula. No daba señas de vida. El cochero, era evidente, tenía razón: allí no vivía nadie. Debía irse lo más pronto posible. Descorchó la botella y tomó grandes tragos. El vino lo calentó un poco pero no quitó el hambre. Siguió buscando. Encontró bajo una cacerola algo parecido a un pollo momificado. La forma del ave estaba hecha de pellejos resecos adheridos a los huesos. Harker, como una rata, royó aquel cadáver. Tenía materia orgánica. La consumió toda. Aquella bazofia le dio algunas fuerzas. ¿Podría marcharse? ¿Escapar? Desanduvo el camino, se asomó a la puerta. No estaba nevando. No eran más de las dos de la tarde. Podía intentar su fuga del castillo. En ese momento, no supo si a causa del alcohol o nacida de sus entrañas, sintió una honda tristeza. Secretamente, durante semanas, había anhelado conocer al conde Drácula.

Pero no había ningún conde Drácula. No había nadie. Todo era soledad y agonía de muros y salones. Miró los anacrónicos pendones de guerra con la imagen del dragón, ahora desechos sucios y polvorientos, los muebles desperdigados por doquier, las crecientes telarañas, los siglos de dolor y frío y sintió que cada cosa lloraba y que llorarían más si él se marchaba. En alguna parte un corazón de hielo latía llamándolo por su nombre: Jonathan este es tu hogar, ¿dónde encontrarías más libertad que aquí? Podrías ser el amo y señor de todas las cosas. Libertad. ¿Cuál libertad? La libertad del abismo donde nos podemos mover infinitamente en las tinieblas, sin que haya una barrera de luz que nos detenga. Aún podía renunciar Harker a ese llamado de la oscuridad. Aún había sol para escapar. Pero no dio ni un solo paso más allá de la puerta. Cobijado por las penumbras observaba el declinar de la tarde.

El frío volvía a aumentar. Compuso lo mejor que pudo las cuadernas. La puerta se acercó al concepto de "cerrada". El viento entraba, pero mucho menos.

Aun así, el viejo castillo guardaba el suficiente aliento invernal como para matar a una persona. La luz era menor. A través de las altas y estrechas ventanas sólo entraba la palidez de enero. Se frotó las manos. No podría aguantar mucho sin un fuego. Cruzó el enorme salón. Las telarañas se adherían a su ropa. Sus oídos se habían aguzado. Cosas que siempre pasaron desapercibidas se podían escuchar. El imperceptible crujido de una piedra contra otra, el tránsito de insectos que nunca se mostraban a la luz, una corriente de agua subterránea, profunda, muy profunda, un gemido que fue exhalado años atrás y la furia de otra tormenta de nieve que empezaba a formarse en los altos picos.

Llegó hasta la mesa de los banquetes. Detrás, enmohecida y también cubierta de telarañas, había una señorial chimenea. ¿Podría hacerla funcionar? Era rectangular, con tres metros de largo y dos de altura, hecha de toscas piedras grises. En la parte baja un arco de medio punto abría el camino hacia el lugar de la leña. Moho, telarañas, insectos fenecidos, impedían el acceso. Era como el manto con que se cubre un santuario antiguo, para que nadie profane a los arcaicos dioses adorados por una estirpe perdida. Deshabitada crónica, documentos de ceniza donde nunca se escribió la tragedia que mató a aquel lugar. Tanta sacralidad siniestra hizo temblar la mano de Jonathan, no se atrevía a profanar aquel hogar en el olvido. Pero la tormenta se aproximaba. Escuchó al viento batir en las ventanas y en torres altas e inexploradas.

Sus dedos apartaron la densa cortina de hilos pegajosos y cadáveres de moscas. Pero no estaba tan muerta como él creía. Unos gusanos blancos y voraces saltaron a sus brazos, mordieron la piel y succionaron sangre. Empezó a arrancarlos. Era difícil. Tenían colmillos diminutos, pero muy aguzados. Chupaban. Se hinchaban como burbujas rojas. Por fin los tiró al suelo. Iba a aplastarlos con un pie. Recordó una frase escuchada muchos años atrás: "la sangre es algo muy valioso. Cuidado, míster Harker, no debemos desperdiciarla". ¿Quién lo había dicho? No lo precisaba bien, pero él tenía razón. Una razón imperiosa, imposible de eludir. Tomó aquellas bolas hinchadas y se la comió. Sus epidermis eran viscosas y gruesas, sabían a podrido, pero paladear su propia sangre alivió esa molestia.

Devorar los parásitos le dio un poco de fuerza. Con manos más firmes empezó a revolver la ceniza de la chimenea. Era fría como la faz de un muerto. Pero aún quedaban leños a medio quemar y... huesos. Huesos humanos. Los palpó. Algunos tenían curvaturas anormales. Encontró calaveras de niños.

Sus dientes eran exageradamente largos, sobre todo, los dos incisivos centrales, como sucede con las ratas. La típica dentición hipsodonta, de crecimiento continuo, de los roedores. ¿Cómo un bebé podía tener boca de rata? No halló respuesta. Estaba ante un tipo de seres desconocidos para él. Un sacro temor lo invadió. El castillo era un templo en el que habitaron dioses y liturgias impías.

Él acababa de tener un atisbo de aquel arcaico terror. No quería, no quería averiguar más, pero una curiosidad insana, delirante, empujó su mano más profundo. Tocó un cráneo deforme. Lo sacó. Este parecía ser de un adulto. La parte que debió recubrir el cerebro era inusualmente grande, la mandíbula superior e inferior eran más características de un animal de presa que de un hombre; prognatas, también tenían dientes de rata. Ratas, era aquel un reino de ratas. ¿Acaso no le habían dicho, asegurado que este era el castillo del conde Drácula? Puso el cráneo a un lado. ¿Cuál había sido el aspecto de aquel humanoide degradado cuando la carne y la sangre lo cubría? Su mano temblaba, pero no pudo frenarse, otra vez revolvió las cenizas. Ahora hizo un imprevisto y curioso descubrimiento. Un encendedor de plata. Retiró los restos de ceniza. Tenía sus propias iniciales: J.H. Tuvo un encendedor así. Mina se lo había regalado veinticinco años atrás, poco antes del matrimonio. Él lo había perdido. Buscó y buscó en todos los rincones de la casa, pero nunca lo halló. Fue triste para la señora Harker saber que Jonathan había descuidado el obsequio. Y ahora... aparecía allí. No, no podía ser el mismo. ¿Qué maldita brujería era aquella? Su mano temblaba al apretar el frío metal. Miró a todas partes. El resplandor de las altas ventanas disminuía. El crepúsculo era inminente y con él otra tormenta de nieve. La vastedad umbrosa del gran salón le hizo creer que flotaba en un abismo sin fin. Otra vez pensó en marcharse, pero ahora era más que imposible. Su oportunidad, la del sol del mediodía, la había perdido. Decidió usar el encendedor y prender los viejos leños y huesos. La llama, lenta al principio, se convirtió en una gran hoguera. Las sombras, los bultos oscuros y amorfos del castillo, transitaron hacia una definición mayor. Unos diez metros a la derecha había una gran escalera de piedra muy ancha, cubierta de largas cortinas y festones de telarañas, nidos de murciélagos, que llevaba probablemente hacia las torres de la fortaleza de Drácula.

Tomó uno de los leños ardientes. Tal vez los altos aposentos estarían mejor resguardados. Incluso, hasta podría encontrar comida. Avanzó con resolución. Logró subir unos cinco escalones sin problemas, pero a partir de allí las cosas se complicaban demasiado. Las telarañas eran muy tupidas. Su espesura no dejaba pasar. Harker les aplicó la antorcha. Hubo un incendio. Decenas de murciélagos escaparon. Eran grandes y lloraban como niños. Se colgaron de los arcos de la entrada. Entretanto, el fuego se propagaba. De los telares, hechos durante siglos de abandono, escaparon varias arañas negras. Se comunicaban entre si con chillidos. Jonathan nunca había escuchado que esos insectos pudieran emitir alguna señal sonora.

Ahora el camino estaba despejado. La antorcha no alcanzaba a iluminar el término de la escalinata. Allá arriba, los barandales y los peldaños de piedras gastadas fluían al infinito en una oscuridad impenetrable. Grietas, formaciones de larvas pálidas, moscas resistentes al frío, extrañas caras en los muros, causadas por seculares goteos, eso era lo que veía Jonathan al ir subiendo. Peldaño a peldaño, el desgaste de la roca, los muchos pies que alguna vez presionaron, se iban torciendo en un caracol, una espiral donde nadaban ruidos espectrales, sin origen en este mundo. La tormenta. La feroz ventisca batía nuevamente los muros. Escuchaba los truenos, el chirrido de bisagras inmateriales, puertas del vacío que se abrían y se cerraban con crujido de maderas decrépitas. La llama de la antorcha, temblorosa, por momentos declinaba. Volvía a reponerse. Por fin, la escalera terminó. Estaba en un gran salón circular. Adosados a los muros había gárgolas de piedra, cuyos rostros demoniacos llevaban décadas sin contemplar a nadie. Lleno de polvo, de esqueletos de ratas, el suelo denotaba que el Conde Drácula no había transitado por allí en mucho tiempo.

Miró hacia arriba. Un techo plano de madera, bajo, le hizo sospechar que tal vez habría otro aposento. Pronto descubrió una especie de escotilla cuadrada. En ella había, primorosamente tallado por algún escultor, el relieve de un murciélago de aspecto agresivo. Puso la antorcha en el suelo. Empujó varias veces. La tapa se abrió completamente.

Por el hueco cuadrado bajó una luz azulada, fría, de textura suave. El olor era a viejos maderos, a insectos muertos. ¿Sería un buen refugio? ¿Subiría? ¿Qué podría esperarlo allí? ¿Tal vez el esqueleto del Conde Drácula? Al parecer aquel aposento no estaba al descampado, pues no venía de allí el helado aire de la tormenta. Se decidió. Se agarró con ambas manos a los bordes de la apertura. Con gran esfuerzo su cuerpo pronto estuvo arriba.

Era una recamara circular muy amplia. Había una cama aristocrática cubierta de mantas. Una mesa de molduras antiguas, un tintero, una pluma, pliegos de papel, copas y botellas de vino en una alacena. Era el contenido de aquel lugar. El tiempo y la soledad habían extendido manteles de polvo sobre todas las cosas. Un gran espejo de marco gótico colgaba sobre la cabecera del lecho. Su cristal estaba opaco de tanto polvo y suciedad. De igual manera los vidrios de cinco ventanas estaban empañados, aunque no tanto como para impedir el paso de la luz mortecina de aquel día de ventisca.

Jonathan Harker se acercó a una de ellas. Limpió el cristal con las mangas de su saco. La torre sobrepujaba todas las montañas. Vio con estupor el viento y la nieve batiendo los innumerables bosques de coníferas. Los pinos se doblaban y enderezaban al ritmo salvaje de los soplos helados. Eran como olas de un mar entre castaño, gris y blanco, cuyo rugido incitaba al naufragio del alma. Sintió que aquellas olas penetraban su cuerpo, se movían dentro de su corazón, su hígado, sus pulmones. Perdía solidez, su cuerpo ya casi era inmaterial, parecía que él mismo era el aire, la borrasca, el eterno silbido de la tormenta de nieve que azotaba bosques y almas en pena. Podría volar libre de las comunes ataduras humanas, tanto a los cielos como a los infiernos. No era un hombre sino algo indefinido y poderoso.

Lo sacó de este ensueño el estruendo de un cuerpo pesado cayendo. Miró asustado hacia atrás. La tapa de la escotilla se había cerrado. Jonathan Harker corrió a abrirla. Era imposible. No había una argolla, un asa, nada. Intentó meter sus uñas entre la trampilla y el suelo de baldosas de piedra. Estaban tan perfectamente unidas que sus esfuerzos fueron vanos. Bañado en sudor a pesar del frío, se recostó contra un muro. Además del viento y la nieve, a aquel océano de ráfagas fantasmales se había unido el aullido de los lobos. Una manada lanzaba su llanto fiero contra los riscos, los alerces, las grutas, los robles, los pinares extensos, clamando por alimento. Necesitaban carne para devorar. Y Harker sintió que venían por su alma. Pero no era esto lo que más miedo le dio. Se había percatado que las mantas de la cama se levantaban en la parte central. Allí abajo, acurrucado, quizás por siglos, había un cuerpo. ¿De quién o de qué? Retrocedió instintivamente. Intentó nuevamente abrir la escotilla: tan inútil como la primera vez.

Se sentó en el suelo, se recostó a un muro. Arriba quedaban las ventanas y la huella sonora de la ventisca. La luz plateada empezó a declinar hacia el gris. Imaginó la noche allí. No se atrevería a moverse, quizás ni a respirar. Tenía la certeza de que bajo las sábanas había algo. Una cosa que en cualquier momento podría surgir. ¿Y si quitaba los edredones? Así, de una vez, sabría si había algo monstruoso allí o no. Se puso en pie. El frío había aumentado de una manera atroz. Temblaba. Fijó su vista en el bulto. Aunque se extendía desde la cabecera hasta los pies de la cama, era imposible saber si aquello correspondía a un humano o era simplemente una aglomeración de telas y cojines. Además, ya anochecía. Incluso el tétrico resplandor gris se extinguió. Jonathan Harker no se atrevía siquiera a moverse. Pensó en su esposa Mina. Ella le había pedido no viajar. Sin embargo, Jonathan ya no soportaba aquel matrimonio. Habían caído en la pobreza. Ella tenía que tejer los abrigos de Sebastián, el hijo adolescente de ambos. El talle de la mujer, tan elegante veinte años atrás, sus gráciles piernas, su rostro angelical, habían sido sustituidos por una gordura progresiva y un mal humor constante. Aun así, ella lo amaba y él a ella, pero la sensación de fracaso los agobiaba. Por escapar... por escapar él había aceptado aquel viaje peligroso a los Montes Cárpatos. Ya una vez estuvo allí. Conoció al conde. Este había firmado varios papeles de compra de propiedades en Londres. Después de eso había una gran laguna en la memoria de Harker. Recordaba el día del matrimonio con Mina. Las palabras solemnes del sacerdote. No más.

Era raro que tuviera que volver a aquel apartado castillo en viaje de negocios. ¿Si el Conde Drácula había comprado tantas propiedades en Gran Bretaña, por qué no se realizaba el trato allí? ¿Para qué habría vuelto a la arruinada mansión? Renfield lo envió. Eso lo tenía muy claro, todo lo demás era confuso. Por otra parte, el castillo estaba deshabitado tal y como dijo el cochero. Ni siquiera la luz crepuscular tenía una sede estable allí. Había desaparecido. Tinieblas absolutas rodeaban al corredor de bienes raíces. La única prueba de que el mundo existía era el ruido del viento y la nieve golpeando los picos helados. Él temblaba. Creyó que moriría de frío. Qué triste destino. ¿No hubiera sido mejor perecer en los brazos de su esposa? Al menos allí no tendría tanta soledad y en lugar de una nevada habría tibieza. No. Los últimos cinco años no obtuvo ninguna alegría en compañía de Mina. Se había vuelto una mujer terriblemente celosa. Si él se quedaba callado, ella le preguntaba si estaba pensando en otra mujer. Realmente era un fastidio. ¿Vivir el resto de su vida bajo esa agonía? No. Se dijo que no. Y por eso aceptó un nuevo viaje a los Cárpatos. Le extrañaba muchísimo que el conde Drácula hubiese regresado a su viejo castillo. La última vez que vio al extraño aristócrata fue en Londres. Esta vez no le dijo a Mina que iría a Transilvania. Cualquier alusión a Drácula la horrorizaba. Eludía hablar del tema. Jonathan no podía imaginar la causa. Le preguntaba a ella, pero la mujer enmudecía. En fin, ya no soportaba la vida en Gran Bretaña. ¿Había venido allí, sin saberlo, a suicidarse? Quien sabe, la vida es un enigma y ni siquiera el minuto que estamos viviendo tiene un significado claro y fácil.

Suspiró Jonathan. La pared estaba muy fría. Miró las tinieblas y le pareció que estas contenían formas: una gran mariposa negra hecha de una oscuridad muy densa, tanto que le era posible resaltar. Pero desapareció. O se integró a las sombras que la habían producido. Así también surgieron rostros extraños y deformes. Muecas que cambiaban según el estallido del viento sobre las montañas. El aullido de los lobos también provocaba seres volátiles en las tinieblas o quizás tan sólo en la mente de Harker. Hubo otro ruido. Uno que no había escuchado en las horas de encierro en aquella torre: un cuerpo se movió en la cama, los hierros de aquel lecho, las viejas e invisibles sábanas, susurraron. Quiso pensar que era su imaginación. No, nada podía moverse allí. Esa cama estaba vacía o al menos era lo que deseaba Jonathan. Trató de estar totalmente inmóvil, de bajar su respiración al modo más lento posible. Los truenos y ráfagas decrecían. La tormenta estaba llegando a su fin. Por Dios, que no crujiera otra vez aquella cama. Pero sí, ahora el ruido de un cuerpo moviéndose fue más claro. Unas manos hicieron rodar las sabanas al suelo. Se levantó polvo y él no pudo evitar un estornudo.

Pensó que era su fin. Se había delatado ante aquel ser que habitaba la torre. Ahora el cuerpo, a juzgar por los crujidos metálicos, parecía haberse sentado. La ventisca amainaba, las nubes daban paso a la luna. El resplandor plateado entró a través de las ventanas. La vaga forma se puso en pie. La silueta tenía gran altura. Escuchó la respiración. No parecía humana. Junto con la entrada y salida del aire permanecía una especie de gruñido animal. El ser estuvo inmóvil por largo rato. No parecía haberse percatado de la presencia de Jonathan. Aquellos minutos u horas eran una metáfora de una eternidad color desesperación. Por fin el habitante movió una mano. La alzó hacia la luna como si la saludara. Tenía cinco dedos, pero demasiado largos y flacos. Terminaban en uñas puntiagudas y amenazantes. Harker tembló de miedo. La criatura se inclinó un poco y al parecer recogió las sábanas. Otra vez se expandió la nube de polvo y el hombre no pudo evitar otro estornudo. Ahora se daría cuenta de su presencia. Aquello lo estrangularía. No. Se irguió nuevamente. La cosa contemplaba el paisaje nocturno a través de los cristales. En su mano izquierda sostenía los edredones. Su forma era humana, aunque quizás demasiado alto. Alzó la mano derecha y la puso en el cristal. Los dedos flacos y largos se extendían como las patas de una araña letal.

Limpió el polvo. Quería ver mejor. Jonathan imaginó el salvaje océano de árboles rugiendo bajo la torre. Supuso que el ser regía aquel descomunal orbe de montañas, frío y lobos. El aullido de la manada subía de volumen. Parecía que los animales flotaban en el aire. Era una sinfonía macabra que podía destrozar la alegría del más feliz los hombres. ¿Hubo algo anterior al canto de los lobos? ¿Acaso el tiempo entero no se resumía en aquel clamor? Le pareció que su infancia, su adolescencia, su largo matrimonio con Mina, su hijo, eran cosas inconsistentes. Nada probaba que hubieran existido. El universo, las cajas de los años, no eran más que el habitante de la torre y su orquesta de animales endemoniados. Ellos modulaban en sus gargantas la tristeza y la soledad. Durante largo rato aquel sonido mantuvo como hipnotizado a Jonathan. Luego empezó a decrecer. Era un débil clamor, casi imperceptible, cuando el ser bajó su mano. Callaron. La criatura volvió a sentarse en la cama. Lentamente se acostó y se tapó con las mantas y sábanas. En ese momento Harker no pudo aguantar más y expulsó gran cantidad de orina. Comenzó a llorar como un niño. Y así, todo mojado, se durmió en la más espantosa recamara que jamás hubiese pisado.

Un resplandor molesto castigaba sus párpados. Interrumpía un sueño agradable, en el cual él paseaba con Mina en unos jardines primaverales. ¿Dónde eran esos prados y flores tan hermosos? No allí, seguramente, pues sentía mucho frío. Pupilas de hielo lo miraban desde todas partes, odiaban la tibieza del jardín, hundían en el cuerpo de Harker finísimas agujas. Ellas inoculaban un aliento de nieve que lo terminó de despertar. El sol invernal, claro pero gélido, seguía cayendo sobre sus ojos. Sintió un hambre atroz. Hacía más de veinticuatro horas que no comía nada.

Estaba en el castillo de Drácula. Estaba encerrado en una torre junto a un ser monstruoso. El fin de su vida estaba dictaminado. Trató de reconstruir en su memoria el sueño donde paseaba con Mina en aquel bello paraje. El aguijón del hambre se lo impidió. Le dolía la cabeza. Lentamente se fue poniendo en pie. Notó que su pantalón apestaba a orines. Claro, no había podido contener sus esfínteres ante los terrores de la noche. Terror. El miedo empezaba a crecer otra vez. Allí, frente a él, estaba la cama: tendido en ella, seguramente el monstruo. ¿Qué haría? Su muerte estaba decidida. Si no lo mataba aquel ser lo mataría el hambre. Se sentía desfallecer. Estaba mareado, débil. Recordó que había visto una alacena con botellas de vino. Tal vez beber su contenido lo mantendría con vida un poco más de tiempo.

Debía levantarse con sigilo y llegar hasta el vino. Poco a poco, respirando muy suavemente, se incorporó. Ante su vista iba pasando, como montaña del miedo que se levanta, la parte baja de la cama, luego la multitud de sábanas mantas y edredones rojos, negros, violetas que otra vez cubrían el cuerpo extendido desde los pies hasta la cabecera. No parecía respirar. ¿Estaría muerto durante las horas de luz? Imposible saberlo. Además, no quería averiguar. Le urgía meter algo a su estómago. Ya estaba en pie. Caminó despacio hacia el anaquel de los vinos. Descorchó uno y a falta de copas bebió de la botella. El vino le infundió un poco de calor en el cuerpo, pero le dolía la cabeza de tanta hambre. ¿Cómo se salvaría? Pasó por su mente que quien estaba allí acostado era el conde Drácula. ¿Por qué no lo había pensado antes? Podría ser su salvación. El aristócrata ordenaría que le trajeran comida. ¿Debía hablarle? ¿Y si era un monstruo asesino que lo mataría? De todas maneras, estaba condenado a morir por hambre. Se decidió a hablarle.

—Señor conde... Conde Drácula, ayúdeme por favor. Soy Jonathan Harker, usted me conoce. Tengo hambre y miedo.

Pero el bulto continuó tan inmóvil y callado como antes. El sol entraba claro, dejando un resplandor azulado, alma de nieve, en las enormes piedras que constituían la torre. Suspiró con tristeza. Se aproximó a una de las ventanas. Ante él se extendían, majestuosos, los altos picos helados de los Cárpatos. Los bosques salvajes se desperezaban de las capas de hielo. Escuchó el aullido de los lobos; invisibles, tal vez iban tras otra presa. Era hermoso el paisaje, pero el hambre le impedía disfrutar. Intentó abrir la ventana. No pudo. Sus marcos metálicos parecían estar soldados a la piedra. Puso su cabeza contra el cristal y empezó a llorar. En ese momento oyó un ruido detrás de él. Un cuerpo se desplazaba. Sus pisadas eran demasiado débiles como para pertenecer al monstruo que estaba en la cama. Harker se volvió.

Una rata caminaba del otro lado de la torre. Era casi tan grande como un conejo.

Se lanzó contra el animal, este lo esquivó. La frente de Jonathan dio contra la pared. Se hirió y la sangre empezó a gotear. El roedor se acercó a lamer. El hombre la atrapó. Ella se debatía en sus manos, lo arañaba, lo mordía, entonces él, a dentelladas, le arrancó la cabeza. Aplicó su boca al cuello y le sorbió toda la sangre.

Se sentó a devorar al animal. La carne cruda era buena. A pesar de lo mal nutrido que estaba, el mondongo le dio asco. Lo hizo a un lado. Acompañó su comida con otra botella de vino. Ya había vaciado dos aquel día. Miró con ojos de borracho los impasibles cristales de las ventanas. La luz declinaba. De la foresta subía espesa niebla y en ella, en sus labios fríos, estaba la perenne canción de los lobos, osos y miles de aves que regresaban a sus nidos.

Jonathan contempló el progreso de la oscuridad. El alcohol le había quitado un poco el miedo. Se sintió incomodo con aquel pantalón lleno de meados. Se lo quitó y también la ropa interior. Era un extraño espectáculo: elegantemente vestido de la cintura para arriba y el trasero sin protección.

Una respiración fuerte empezaba a surgir sobre la cama. La vida volvía a la criatura. Las sábanas y mantas otra vez susurraron al ser movidas. La luna llena prestó relieves fantásticos a todos los objetos. En el suelo seguía la enorme cabeza de la rata con la boca abierta: sus dientes amenazantes. Algo tienen de monstruosos esos dos largos incisivos, que sobrepasa en infamia a los colmillos de muchos grandes depredadores. El lobo puede justificar su violencia a partir de la belleza, pero las ratas demuestran en sus dientes centrales, hechos para roer, siempre en crecimiento, su insidia, su infamia, escondida siempre en la pestilencia. Vivir de los otros y no aportar siquiera un poco de frescura o heroísmo;   ser un parásito repugnante, agresivo, despiadado y traicionero, es la esencia de este animal.

El coagulo de sangre sobre la lengua fría la hacía más horrenda. La luna resaltaba aquella faz gris, sin gloria, pero empeñada en la crueldad. La mano de Jonathan acarició levemente la pestífera testa.

Vio a la figura levantarse. Se irguió en su gran estatura. Otra vez sus manos de largos dedos y uñas puntiagudas limpiaron el cristal de la ventana. Frente a este, aquella cosa observaba ensimismado el paisaje nocturno. Su mirada acrecentaba el canto hechizado de los lobos y el ulular de cientos de búhos. Así el tiempo fluía en sí mismo en lugar de avanzar; así una hora mordía su propia cauda formando un círculo perfecto donde la voz de las criaturas salvajes alababan a su amo. ¿Era este el ser de la cama? No había modo de saberlo con certidumbre, pero él estaba conectado con toda la naturaleza visible e invisible de Transilvania.

De pronto la criatura se volvió. Le daba la espalda a las montañas mientras sus ojos, ascuas absortas, se dirigían al cuerpo de Harker. El hombre se encogió en sí mismo. La cosa avanzó hacia Jonathan. Parecía que el cuerpo llenaba toda la habitación con sus emanaciones oscuras. Se detuvo. Olía parecido a la rata muerta. Puso uno de sus pies suavemente sobre el muslo desnudo del hombre. Aquella planta tenía una textura áspera, como si estuviera hecha de cicatrices y callosidades. Se sentían sus uñas demasiado largas para ser clasificadas dentro del género humano. Pertenecían al ámbito de las pesadillas. A la oscuridad. Donde se respira aire de tumbas. La luna estaba casi borrada. De ella sólo quedaba un débil filete plateado que daba contorno a la figura. Lo demás era sombra palpitante, vivas tinieblas que hablaban el lenguaje de la perdición.

— ¿Es usted el conde Drácula? — preguntó Harker.

—Sí.

La voz era cavernosa, fatigada, propia de un suicida que ha fracasado en su intento más perfecto de morir. Jonathan se quedó paralizado. Lo había encontrado, pero no sabía que decir. ¿Era acerca de unos papeles que el conde debía firmar? Sus manos temblaban, sentía como una mano invisible apretaba su pecho y apenas le permitía respirar. Su muslo se vio liberado. Drácula había retirado el pie. Aún permanecía frente a Jonathan.

La sombra del vampiro era más que un hecho físico, tenía la facultad de obnubilar los sentidos, de proyectar nubes grises, aves negras, mariposas nocturnas y agonizantes en la mente de los humanos. Una gran paloma azul con el corazón sangrante se posó en los ojos de Harker. El conde adelantó una pierna y cruzó el cuerpo de Jonathan. Él sintió como aquella criatura caminaba dentro de él, rozaba su hígado olía sus pulmones y luego se iba a través de la pared a salones incógnitos. Cruzaba Drácula unas estancias donde germinaban quejidos y alguien pedía ayuda en voz muy baja.

Todo retumbaba en la mente de Jonathan. Entre sus neuronas una rata de hielo se movía, devoraba pensamientos, vomitaba sangre. Coágulos inertes cuya frialdad causaban un dolor de cabeza terrible.

Gritó en aquella torre azotada por el viento nocturno. Ahora se sentía más sólo que nunca. Antes por lo menos tenía el consuelo de que lo acompañaba un monstruo somnoliento, ahora la cama estaba tan vacía como un alma en pena.

Se puso en pie. Caminó hasta la misma ventana donde el conde fisgaba tétricas landas. La luna estaba menguante, aun así iluminaba las montañas numerosas donde la foresta tenía símbolos propios. La vieja tristeza de las religiones paganas, donde incluso un monstruo podía ser adorado como dios, extendía su manto plateado sobre el alma de las bestias y de Jonathan Harker. El único corazón humano, el del corredor de bienes raíces, fue revestido de una coraza de argentino metal. Él mismo lo pudo ver como si estuviera a la vez en el bosque y en su pecho. ¿Qué alucinación era aquella? El órgano latía, blanco, frente a él y a la vez lo sentía en su pecho.

Arreció el viento, aullaron los lobos. La plata se hizo sangre y cayó en la nada. El corazón de Harker quedó desprotegido. Volvió a escuchar llantos. Venían de más allá del muro por donde se había marchado Drácula. Había sucesivos salones de dudosa realidad. Quizás eran sólo espirituales o quizás sólo estaban constituidos por las alucinantes columnas cuyos capiteles se hundían en las sombras. Vagaban por allí seres llenos de temor. Niños y niñas de bellos rostros. Sus manitas buscaban desesperadas una salida en aquellas mansiones. Reino de Drácula, sólo él conocía la salida. Caminaba de sombra en sombra con sus pies escamosos, sus ojos como tizones.

Corrían los infantes ante la cercanía del monstruo. Éste alcanzaba a alguno. Aquella noche fue una niña de rubias trenzas. Ella era única, pues estaba entre el vampiro y la oscuridad. De frente Drácula, atrás las sombras. No había otra cosa en el universo. La esencia humana era sólo esta pequeña que lloraba. Él extendió sus garras. La degolló con una uña y aplicó su boca de rata sobre la herida. Sorbió toda la sangre. Con los incisivos largos comenzó a desgarrar la carne y a roer los huesos. El tuétano estaba fresco y tenía buen sabor. Jonathan quiso probarlo también, pero no sabía cómo trasladarse hasta donde estaba Drácula. ¿Estaba realmente del otro lado del muro o sólo dentro de Harker a manera de sueño? Él no lo pudo precisar. Dio la espalda al muro. Delante de sí estaban los cristales. Ensimismado, miró las montañas nevadas.

Sintió frío. El viento que naufragaba en los riscos ahora parecía envolverlo a él. Tal vez el cristal que lo separaba del infinito no existía. Retrocedió y se sentó en la cama. Su cuerpo tembló de pesadumbre y miedo. Aquella era propiedad del conde. ¿Con que derecho la tocaba? Pero era la forma de salvarse. Si no se envolvía en muchas mantas el frío lo mataría. Restos de escamas, de pelos, de pellejos resecos y fragmentados, rozaban la piel desnuda de Jonathan. Sintió asco. Aquel lecho olía a nido de ratas. Tocó las frazadas. Eran muy gruesas. Eso lo animó. Extendió su cuerpo en la cama y se cubrió con los más de diez edredones. Empezaba a entrar en calor. Cerró los ojos. De afuera venía el incesante canto de los lobos; del otro lado del muro, los pasos de Drácula en los inefables salones. Producían un eco duradero, llegaban a los oídos de los niños cautivos. Ellos huían en bandas de veinte o treinta. Estaban desnudos desde hacía meses. Corrían por imaginarios senderos entre las columnas, suponían haber tomado el camino de la salvación, cosa imposible, porque en un espacio sin muros no hay vías, sino el fantasioso trazado de una esperanza que los prisioneros seguían, aunque volvieran a circunvalar siempre los mismos lugares.

Jonathan se durmió pero seguía viendo imágenes. Su hijo Sebastián tenía tres años. Estaban en su pequeña casa de Londres. Todo estaba quemado. Aquel hogar ya no serviría para nada. Él trataba de sacar de allí al niño, pero no encontraba la salida entre las paredes calcinadas. A su esposa Mina no la veía por ninguna parte. Sintió un gran amor por ella en medio de la pesadilla o más bien una tremenda nostalgia por no verla. La extrañaba. De pronto se percató que estaba solo. El niño había desaparecido.

Harker tuvo mucho miedo. Su corazón palpitaba muy rápido. Oyó un crujido de piedras que se rozan entre sí. Abrió los ojos. Continuaba en la cama de Drácula pero el muro frente a él empezaba a abrirse. Supuso que el conde regresaba. Gracias a los tenues dorados del alba vio como los bloques que constituían la pared se hacían líquidos y translucidos.

De allí salió, monstruoso nauta de la umbra, el conde Drácula.

Tras él las puertas paranormales se cerraron. Jonathan pudo apreciarlo un poco mejor. Medía aproximadamente dos metros con cincuenta centímetros. Estaba desnudo. La figura era de hombre; su piel, una mezcla de escamas de reptil con retazos donde abundaban pellejos de rata. Un gran falo y poderosos testículos colgaban entre sus piernas. El rostro denotaba rasgos que alguna vez fueron los de un noble aristócrata ario, pero ahora los dos incisivos de roedor, largos y afilados, lo deformaban. La nariz seguía siendo tan perfecta como la de una estatua griega, pero la barba rala estaba constituida de pelos de rata al igual que la melena que caía hasta sus hombros.

Traía algo en la mano, lo tiró al suelo. Sonó como una materia fofa y blanda. Drácula llegó hasta el lecho. Tocó las sábanas. Jonathan se bajó. Sin saber muy bien cómo salvar su vida, se metió debajo de la cama al estilo del más tonto de los niños. Escuchó como el aristócrata se acostaba y se tapaba de pies a cabeza con todas las mantas y frazadas.

Recordó que Drácula odiaba al sol. Cuando lo conoció él pasaba el día durmiendo en un incómodo, viejo, rigurosamente arcano, sarcófago de piedra y metal. Por lo menos había buscado un poco de lasitud en los últimos años. La cama, sin ser demasiado mullida, permitía un sueño plácido. Fuerte al principio, la respiración del conde empezó a hacerse más débil. Por fin se extinguió. Harker se maravilló de la manera en que aquel ser entraba en la muerte por varias horas y luego salía de ella. ¿No respirar es estar muerto? No supo responder. El lugar no era cómodo. Estaba lleno de esquirlas de huesos humanos y de otras inmundicias difíciles de nombrar.

Salió lenta y cautelosamente hacia la luz. Ahora pudo ver mejor qué había arrojado Drácula. Era la cabeza carcomida de un niño. Le faltaban los ojos. Aún salía sangre del cuello. Quizás la última víctima de su cacería nocturna. Jonathan se hizo a un lado. Las imágenes vistas horas atrás no eran un sueño. El aristócrata había realizado una carnicería despiadada entre aquellos infantes.

Aunque las víctimas eran reales, la prisión pertenecía al ámbito de lo sobrenatural.

Era como una especie de mundo paralelo, como otra dimensión. El vampiro había pasado a través de las paredes usando algún tipo de magia. Fuerza siniestra que había destruido una pequeña familia. Imaginó a la madre muriendo en medio de la locura y de gritos desgarradores. El padre se pegó un tiro en la cabeza. Dios maldice a los pequeños e indefensos. Él creó a los monstruos, son sus mascotas preferidas y les permite roer a los humanos más dulces. ¿O acaso Dios no ha creado todo?, se preguntó Harker. Es lo que enseña la Iglesia, por lo tanto Drácula también salió del Tres Veces Santo. Inútil rogar a Dios por ayuda. Más bien, se dijo, cuando uno dice Dios en realidad se está dirigiendo a la nada. No hay nada más allá de esta humana incomprensión del mundo. Ella nos traga. Nacemos con hambre y siempre tenemos hambre. Como él, en aquel preciso instante, sentía el ardor en las paredes del estómago. Otra vez le dolía la cabeza. Miró alternativamente la cabeza reseca de la rata y la todavía fresca del niño. No, no quería morder aquella piel que alguna vez sonrió a un padre, a una madre o a sus hermanitos. Era demasiado monstruoso.

Tomó la fétida cabeza de rata y la fue comiendo lentamente, haciendo acopio de intrepidez. Sintió con asco como se rompía el cráneo y el cerebro se deshacía. Aquella sustancia gelatinosa sabía mal pero él la engulló. Por suerte quedaba otra botella de vino. La descorchó y con ello eliminó el asco. Incluso, tuvo algunos pensamientos optimistas. El conde ya lo había visto. Al parecer Drácula no tenía intenciones de matarlo. Le permitía vivir en la torre. No, no debía ser tan ingenuo. Más bien era un prisionero del vampiro. Le dio otro trago a la botella, casi la vació. Mejoró su humor. Ese día no había tormenta de nieve. Fue hasta las ventanas y miró el paisaje.

Eran admirables las majestuosas montañas con sus faldas pobladas de viejos árboles. Entre ellos flotaban jirones de niebla, pero escasos. El sol de las cuatro de la tarde era fresco, amarillo y somnoliento. Escuchó el trinar de los pájaros. Un ruido como de suaves cascabeles quebrándose en dulces fragmentos: constituían una marea paradisiaca que batía los arcaicos muros del castillo. Volaron algunas águilas sobre los riscos y farallones más elevados. Jonathan Harker sintió algo que podría llamarse "el reflejo falso de la alegría en un espejo inexistente". Por unos minutos todo pareció estar bien, pero la tarde avanzaba hacia la oscuridad. Los miedos regresaban. Los felices pájaros del día fueron sustituidos por sombrías bandadas de murciélagos que salían de las oquedades del promontorio donde estaba el castillo. Altura, tomaban altura y más altura: un millón de alas negras, tanto que parecía que la tierra había echado a volar y el oscuro abismo intentaba anegar la cúpula celeste. No era inalcanzable, los murciélagos podían llevar allí el tañido de campanas de desgracia. Ese retumbar que sólo dice: no hay esperanza, no hay escapatoria, no debimos nacer nunca. El espejo de la felicidad simulada se rompió. No hay escapatoria, no hay compasión en la casa de la bestia. Así sonaban los murciélagos en el alma de Jonathan, mientras la noche expandía su pesado manto sobre vivos y muertos.

Otra vez el frío aumentaba. Él se retiró de la ventana. En medio de las penumbras buscaba un lugar más abrigado. Nada, no había nada, salvo la cama donde dormía... ¿Dormía o moría el conde Drácula? Nadie lo sabe, pero no hay más que ese desvencijado lecho. ¿Y si quitaba una de las frazadas? Serviría contra la congelación nocturna. Lentamente, paso a paso, se acercó. Ninguna respiración salía de debajo de las sábanas. Extendió su mano. Los dedos temblaban. Por fin asió aquella tela. Se sentía caliente. Le podría salvar la vida aquella fría noche. Vivir. ¿Pero vivir para qué? No lo sabía. En fin, la frazada era de una lana muy gruesa. Cuidadosamente empezó a jalarla. Oyó un suspiro. Alejó su mano. El corazón le latía con fuerza. Otro suspiro. No, no provenía del conde Drácula sino del otro lado del muro. ¿Alguno de los niños cautivos? Quizás. Volvió a asir la manta. Tiró. Poco a poco. Por fin la tuvo completa en sus manos. Se retiró junto a la alacena de los vinos. Se envolvió en aquella frazada como si fuera una oruga que construye su capsula. Era ya una crisálida en la noche de los Cárpatos. Lo que había en el espacio de su tórax, en el abdomen, en el tuétano de sus huesos, era todo un mundo alterno, un mundo que Harker jamás pensó que podría existir. En ese orbe, proceso alquímico, perpetua interacción de realidad y sueños, hasta el punto que no se podía distinguir una de la otra, vagaban formas delirantes. Los murciélagos seguían volando sobre páramos y bosques nostálgicos. Los niños corrían sin parar del otro lado del muro. No había muro realmente. Jonathan estaba allí y los perseguía, o, de lo contrario, él era un infante más a quien Drácula besaba la boca. Luego le arrancaba los labios a dentelladas y succionaba toda la sangre. Los roles cambiaban. Él fue, también, Drácula, y mordió los labios tiernos de un infante.

Esa imagen le provocó en sueños un gran placer sexual. Apartó la frazada. Se puso en pie. Se quitó el saco y la camisa. Ahora estaba desnudo. Y no se iba de su mente la imagen de la boca sonrosada, infantil, tierna, a la que daban tantas ganas de destrozar. Debía traspasar aquel muro. Cazar niños y niñas también. Se lanzó contra las piedras. El golpe le hizo salir de aquel estado de trance. Cayó al suelo. La aurora ya se insinuaba en los altos picos nevados. Sintió entonces algo más apremiante que cualquier ensoñación paranormal. Hambre, un hambre terrible.

Miró a su alrededor. A medida que el amanecer entraba en aquella prisión, se dibujaban con mayor nitidez los objetos. De la rata ya no quedaba nada. Acaso un diente roto y fétido. Sin embargo, allí permanecía la infantil cabeza que Drácula había tirado. Se acercó. La mitad de la cara estaba comida. Se veían nervios y venas secas adheridas al hueso. La otra mitad, aunque inflamada y violácea, aún permanecía. Era difícil establecer si perteneció a un niño o a una niña. Los bucles rubios se desparramaban dulcemente, caían sobre la parte carcomida y también sobre la piel. La nariz era de suave forma y los labios gordezuelos, carnosos, seductores, aunque ya tenían un color entre negro y verdoso.

Su fetidez no impidió que Jonathan los deseara ardientemente. Los fue comiendo poco a poco, con pequeñas mordidas, hasta que los dientes y las encías fueron totalmente visibles. Le arrancó la lengua y la tragó con gusto. Succionó la sangraza que allí quedaba. Los fluidos cadavéricos también fueron de su gusto. Rompió el cráneo como si fuera una cáscara de nuez y se alimentó de un cerebro que ya empezaba a podrirse. Lamió los últimos restos de masa encefálica chupó los últimos nervios y tendones y arrojó la calavera a un rincón.

Quiso pronunciar alguna palabra que diera identidad a aquel hombre necrófago que era él, pero no encontró ninguna. La realidad, extrañamente, no transcurría. Se había detenido en aquel instante posterior a la deglución. Era una sensación rara.

Como si el suelo, las paredes, las ventanas, Drácula en su lecho, la bóveda, el incesante ruido del viento, el pálido sol, fueran una especie de casco inmóvil alrededor de la cabeza de Jonathan. Un universo irreal donde cada cosa crecía infinitamente, pero a la vez mantenía sus viejas medidas. Todo vibraba, todo tenía una imantación que hacía que el hombre se sintiera en un viaje perpetuo. Él cruzaba espacios inmerso en una nueva ligereza, una nueva felicidad, que, sin embargo, no se podía nombrar como felicidad, pues era otra cosa, era una sensación nunca antes vivida: una existencia transgresora donde el asesinato se vuelve indispensable.

Y el mundo gira vertiginosamente alrededor de la cabeza, la cual ya no puede reconocer ningún punto de esa esfera que se mueve con locura. Pasan los momentos de la niñez, un arroyo de montaña, el mar y su furia veraniega, las adolescentes que lo hicieron soñar con amores y princesas, pero Jonathan no sabía si aquello pertenecía a su pasado o no. Se sentía presa de una libertad absoluta, donde la recamara en lo alto de aquella torre podía contener el mundo. Cualquier imagen podía pertenecer a su vida. La de ese momento viviendo junto a Drácula o el rostro de algún monstruoso dios adorado en los bosques celtas tres mil años atrás. Númenes de la depredación, de la cacería, de morder a la víctima hasta quebrarle el cuello y succionar toda la sangre. Un sacerdote desnudo, de pene erecto danzaba sobre espejos rotos. Sus pies destrozados: una ofrenda más a la terrible deidad. ¿Era él, Jonathan? Harker también bailaba en ese momento. Sin ropa. Giraba y giraba. El mareo lo hizo caer al suelo. Allí se quedó, atontado, mientras todas las nubes llegaban con una nueva carga de truenos, hielo y vientos salvajes.

Era el momento en que la tarde languidecía, arrullada por la debilidad del sol; astro que ahora sólo conocía el descenso infinito de los que saben que detrás nos sigue una oscuridad impenetrable e invasora. Esas tinieblas llegaron acompañadas de un hambre terrible. Ya no había roedores para comer y él no sabía pasar a la dimensión donde vagaban los niños para darles caza. Se mordió los dedos, se arrancó las uñas, se las comió, bebió su sangre. Pero era muy poco para mantenerlo vivo. Todo giraba en su cabeza, no sabía ya donde estaba. Mordió una pierna de Drácula. La consistencia de aquella piel era parecida a la película que cubre a los insectos. Seca y crujiente. La destruyó con sus dientes, la comió. Su sabor era amargo. Adentro no había nada. Ni carne ni huesos. Siguió comiendo. Dio cuenta de ambas piernas, del tórax, de los brazos, de la cabeza. Todo estaba vacío y hueco.

El amanecer lo sorprendió sobre el lecho del monstruo, ingiriendo los fragmentos de piel de cucaracha o escorpión de aquel ser. Buscó entre las sábanas hasta la última brizna. La comió.

Un pálido sol, como siempre, entraba por los cristales de las ventanas. El aire estaba lleno de voces invisibles, gritos de agonía. El terror a la muerte tomó a Jonathan Harker. Como si se tratara de un refugio, se metió bajo las frazadas y cobijas que durante siglos habían tapado al conde Drácula. A pesar de que eran muy gruesas, no le quitaban el frío. El hambre arreciaba. Volvió a morder sus dedos. Los trozó, los arrancó, los devoró. Su sangre, toda su sangre, salía de sus muñones. Él bebió. Luego perdió el conocimiento. En el suelo, decenas de labios y lenguas rojas y crueles absorbían el líquido. De Harker sólo quedó un cascarón seco. Ya no hubo gritos, ni respiración, ni sustos. Pasaban los días, entraba el resplandor invernal, luego la noche, el viento azotaba los cristales, se escuchaba el aullido de los lobos. Unas hormigas empezaron a comer el pellejo del corredor de bienes raíces. Al cabo de un mes, no había nada allí.

Alguien alzó la trampilla del suelo. Se abría con chirridos de fierros mohosos y chasquidos de maderas viejas. Asomó la cabeza del conde Drácula. Sacó todo su cuerpo.

—Jonathan, ingenuo. De todas maneras ibas a terminar siendo mi alimento. Yo soy el castillo y el castillo es el vampiro. No importa cuál de los dos te devore. Falta ahora lo más importante, que devore tu alma.

Miró el muro. Se hicieron transparentes las piedras. Más allá seguía el mundo de los niños cautivos. Corrían entre las columnas, trepaban hasta los dinteles, se metían en pasadizos oscuros, intentaban salvar la vida, pero siempre salían a la dimensión oscura, un mundo de sombras, de luces muy tenues, donde no había salida. Allí, en aquella jaula, también estaba Harker. Su cabeza, de manera absurda, estaba atornillada en el el cuerpo desnudo de un niño de cinco años. El corredor de bienes raíces lloraba.

Drácula hizo un gesto con su mano. Del fondo de aquel templo demoniaco avanzaron los arcaicos seres con cabeza de rata, de enormes dientes incisivos, que goteaban baba fétida. Ellos manipulaban el tiempo. Mostraron al alma en pena de Harker que sabían que él regresaría al castillo de Drácula. En lugar de haber tenido una infancia en Inglaterra, fue criado en la manada de niños. Toda su vida era una fantasía, los hombres gigantes ratas, indujeron mediante la hipnosis su matrimonio con Mina, sus viajes cíclicos a los Cárpatos. Todo era irreal. A Drácula no le gustaban presas vacías. Se divertía jugando con seres que creían tener un pasado. Luego los regresaba a su jaula hecha de otro tiempo y espacio. Allí esperaban para ser cazados.

Harker que nunca sospechó esto, comenzó a llorar. No tuvo otro consuelo que abrazar las piernas de uno de los gigantescos hombres ratas. Este le dio unas palmadas en la espalda y le aconsejó esperar la muerte de manera alegre.

Drácula dejó de mirar aquel espectáculo. Dio la espalda a las víctimas. El aristócrata se acercó a la ventana. En la lejanía el crepúsculo bañaba de tintes dorados y moribundos los picos nevados de las montañas. Se escuchaba el aullido de los lobos, el cual acompañaba la caída de la noche y el frío inhumano.

www.ingramcontent.com/pod-product-compliance
Lightning Source LLC
LaVergne TN
LVHW091454190726
843491LV00007B/1976